梦随吴歌行

吴麟震　吴麟霄　著

浙江工商大学出版社
ZHEJIANG GONGSHANG UNIVERSITY PRESS

图书在版编目（CIP）数据

梦随吴歌行 / 吴麟震，吴麟霄著 . — 杭州：浙江
工商大学出版社，2018.3
（湖畔文丛 / 鄢子和主编）
ISBN 978-7-5178-2285-1

Ⅰ．①梦… Ⅱ．①吴… ②吴… Ⅲ．①散文集－中国
－当代 Ⅳ．① I267

中国版本图书馆 CIP 数据核字（2018）第 039719 号

湖畔文丛 梦随吴歌行

吴麟震 吴麟霄 著

出 品 人	鲍观明
责任编辑	何小玲
责任校对	饶晨鸣
封面设计	林朦朦
插 图	田伟彬
责任印制	包建辉
出版发行	浙江工商大学出版社
	（杭州市教工路 198 号 邮政编码 310012）
	（E-mail：zjgsupress@163.com）
	（网址：http://www.zjgsupress.com）
	电话：0571-88904980，88831806（传真）
排 版	风晨雨夕工作室
印 刷	杭州恒力通印务有限公司
开 本	710 mm×1000 mm 1/16
印 张	13.75
字 数	191 千
版 印 次	2018 年 3 月第 1 版 2018 年 3 月第 1 次印刷
书 号	ISBN 978-7-5178-2285-1
定 价	36.00 元

序

　　中国是散文大国，散文艺术源远流长。六朝以来，为区别韵文和骈文，把凡不押韵、不重排偶的散体文章，包括经传史书在内，概称为散文。随着文学概念的演变与文学体裁的发展，散文逐步与诗歌、小说、戏剧、影视文学并称，取得一席之地。其中，又有广义与狭义之分。广义散文包括杂文、小品、随笔、报告文学等；狭义散文则专指表现作者对生活的情思的叙事抒情文体。而中国现代散文的概念和内涵，是鲁迅及其他作家借助日本和英、美等国的随笔体、絮语体、谈话体散文创立的。

　　散文的发展，无处不受到时代的推动和制约，带有深深的时代烙印。人们必须以历史眼光评判一切作家和作品。二十世纪这一百年是极不平凡和散文极其丰富的一百年。这个时代在中国文坛上，诚如鲁迅所说："散文小品的成功，几乎在小说、戏曲和诗歌之上。"鲁迅那沉郁雄浑、风格冷峻、带有浓重反讽色彩的散文，正是"山雨欲来风满楼"的年月，指明掀掉人肉筵席，毁坏这厨房，"而创造这中国历史上未曾有过的第三样时代，则是现在青年的使命"。二十世纪八十年代以后，又是中国散文艺术创作的一个高峰，它反映了中国社会主义改革开放新时期的特点和收获，其数量和质量都是空前的。《梦随吴歌行》，正是这个时期中国散文大潮中最年轻的一朵浪花。

《梦随吴歌行》作者吴麟震和吴麟霄，是孪生双胞胎，年方十五周岁，同为浙江武义一中高一学生。兄弟双双爱好文学和写作，分别在《浙江工人日报》副刊、《安庆日报》副刊、《浙江杂文界》、《安庆晚报》副刊、《今日武义》副刊等上发表散文多篇。本书是散文园地上的一棵嫩草，借助祖国大地的春天气息，茁壮地成长。全书充满了向上力量和正能量，充分体现了社会主义核心价值观，并具有较强的艺术感染力。许多篇章立意隽永，思想深刻，语言优美，或善于抒情，或长于议论，情真、理切、意深、文美，令人爱不释手。其中"情感编"，是全书的眼睛，佳作迭出，亮点不断。《我的爷爷奶奶》《记忆中最亮的一颗星》《幸福其实很简单》《那片红枫叶》等，其思想性、艺术性都达到了较佳水准。

吴氏兄弟在散文园地上的不俗表现，是与其良好的家教分不开的。兄弟俩的爷爷吴金宣先生，乃一名忠诚的人民公仆，不忘初心，不辱使命，不负众望，一身正气，两袖清风。在其区委和县局领导岗位上，培养了不少干部，维护了社会公平正义。在家庭教育中，身教重于言传。先生既严格要求，又循循善诱，把自己的世界观、人生观、价值观乃至为人处世之道，毫无保留地传授给两个孙子。在其夫人和其他家庭成员的密切配合下，兄弟俩在思想上、学习上产生了飞跃，取得了不寻常的成就。先生退休后，在其主编"武义县宣平地方历史文化丛书"过程中，我深深为先生的坚持真理、爱才如命、用人不疑的精神所感动，与其成为晚年挚友，相见恨晚。茫茫人海，知音几何？垂暮之年，得识先生，三生有幸，夫复何求！

我酷爱文学，但始终是个门外汉。我的专业是历史学，主攻中国思想史。大学期间曾选修"中国文学史"课程。童年及少年时期，在启蒙恩师、宣平两个半秀才之一陈倜先生的苦心教诲下，遍读柳城古旧小说，背诵《古文观止》和唐诗、宋词，但平生多不务正业者。我有一个信念：散文者，散也。要掌握"散"字的神韵，必须扩大知识面，打好基本功。天文地理、古今中外、文理各科，均须接触一点；语法修辞、形式逻辑，务必精通。若此，散文写作才能得心应手、游刃有余。当然，散文贵在思想情感，热爱生活、深入生活、观察生活、跳出生活，才是散文艺术的灵魂。《梦随吴歌行》虽好，毕竟是一棵嫩草。正因为是小草，才有生长的空间。"离离原上草，一岁一枯荣。野火烧不尽，春风吹又生。"

门外之音，姑妄言之。前程多保重，且行且珍惜！是为序。

吴瑞武于上海　时年九十岁

2017 年 12 月 26 日

（作者系复旦大学历史系教授、中国老教授协会会员）

自我画个『像』

（代自序）

我目前暂任高一学军班班长，不是因为什么能力出众，只能说我只会学习（相信高中三年会提高一下能力）。

不得不说，我这个人毫无威严，也许管理上还得靠我弟弟。令我不满意的一点是，很多人认为我俩很高傲冷漠。难道学习好的人就一定高傲冷漠吗？还有一点更重要，其实我一点也不聪明，只是别人看不到我背后的付出。我最不喜欢别人叫我学霸，因为在我看来，这种称呼只会让彼此疏远，好像互相只有利害关系，没有真诚。我觉得有人骂你，对你随意，是一件幸福的事（亲人自不必说）。举个例子，假如我的孩子做了坏事，我会教育，甚至是骂（不过一般舍不得），但如果是别的陌生人，看我孩子做了坏事，很可能会视而不见，甚至在背后嘲笑，这种人绝不是真心实意之人，更不该当朋友。出于这个原因，更由于长久的如是经历，我只得"沉浸"于学习了。

我渴望交流，但总觉得无人交流（老弟暂不

算），又或者即便交流了也会没有结果。更可怕的是，交往越深，结果也许越坏，因为熟悉与陌生的落差总令人心痛。

以上文字不必在意，也许是我"能力差"的借口，因为人总是会给自己开脱或是安慰的。

我这个人还特单调。我喜欢篮球，有空也就只关心这方面，尽管打得很差，但我只是为了打着开心而已。我已经三年没有旅游了，因为我讨厌人多，人很多我就很不开心，我甚至害怕同学聚会，尽管我还算有存在感，但聚会简直就是在感受陌生。因为我没有自己的手机，连QQ都不懂，感觉和别人不在同一个世界。我觉得真正的快乐和满足不用很多人来提供，只需要一两个人的真心陪伴。当然这方面我还有优势——已经有了我弟弟。但人都有不满足的心态，对吧？也许我的心态是有一些毛病。

诚实地说，我的语文不是很好，希望高中这三年能多学到点东西，提升一下自己的语文能力。

吴麟震
2017 年 9 月

（原载 2017 年 12 月 8 日《今日武义》第 7 版"中国温泉城·人文武义"）

画个自我的『像』

（代自序）

　　我坐在第四列第三行,右边是我的双胞胎哥哥麟震。事实上,我的语文并不怎么样,初中大约保持在中等偏上的水平,每次都得靠数学、科学挽回颓势。

　　虽然我爷爷是半个作家,"武义县宣平地方历史文化丛书"、《延福寺志》都由他当主编,家中藏书颇多,我们家还评上了"金华藏书之家",但应有的文化基因到我这里却"变异"了,爷爷写的书我几乎一本未看,初中时的必读名著没有一本读完的,仅靠教辅书死记硬背拿点分数。所以,我的语文基础很差,那种风花雪月的景色描写一概写不出(虽然这种描写大多华而不实,但总得会一两句吧),那些高大上的古诗句一概不知,还经常提笔忘字,考试时不得已换个近义词。

　　高中生活真是充实得过于充实了,听课、写作业,剩下的自主时间本就不多,以致读语、英看不了数、理,做数、理便看不了语、英,难以兼顾。"寸金难买寸光阴"已成了"一大坨黄金买不了一小撮光阴",要想把语文成绩提上来,难啊!但是,难是难,再难也得上,勤做笔记,多读多看多了解,提高一分也是一分,至少可以"干"掉千人呢!

"不积跬步,无以至千里;不积小流,无以成江海。"语文学习是一个循序渐进的过程,想上到三楼得爬楼梯,一下跳上去,结果是马上掉下来摔死。尽管我不是一个有耐心的人,但在高中,就得束缚住自己脱缰野马的个性,用学习的营养"撑死"自己,反正肚子爆不了,顶多爆断一根裤带而已。

看我如此瘦弱的样子,就知道我体育不好,跑步只能跑个倒数,引体向上估计也只能拉两三个并造成双手"残废"。没办法,没时间锻炼,再怎么抱怨也无计可施。

好了,毕竟语文不太好,只能画个自我的"像",请勿见笑。

吴麟霄

2017 年 9 月

（原载 2017 年 12 月 8 日《今日武义》第 7 版"中国温泉城·人文武义"）

目 录

情感编

感悟编

求知编

即景编

杂谈编

后 记

情感编

"两面派"的我

　　我是一个性格内向,在家里却异常爱疯爱闹的"两面派",而同时,我也是很热爱读书的。

　　在学校里,我总是很安静,一下课就疯狂地做作业,几乎所有可以做作业的时间,我都在做作业。因此,小学同学都称我"作业狂人",而我也不生气,因为的确如此。而且,我不只是普通地做作业,还经常超前做作业。有一次我超前做了八面《每课一练》,结果惹得数学老师生了气,把那八面全都擦了个精光!哎!我辛勤"劳动"的果实就这样泡汤了。到后来,老师不但不让我超前做作业,还禁止我在学校里做任何作业,我简直就像一只笼中之鸟被囚禁了。而到了初中,老师并不反对我们上课做作业,我的心情异常兴奋,真是"海阔凭鱼跃,天高任鸟飞"啊!下课的时候你可以来看一下我,如果我不在做作业,那可真是有些奇怪了!

　　此外,我还是一个非常挑食的人。为此,我被爷爷奶奶、爸爸妈妈教训过很多次。一旦开始吃饭,我就不停地往碗里夹肉,却看不见我夹一点点的蔬菜。为此,爸爸妈妈他们经常强制我吃菜,我真是欲哭无泪啊!我还特别喜欢吃巧克力,因为它很甜,不过你们一定不能多吃,会牙疼哦!

　　你别看我在学校里是一个挺平和的人,实际上,我是一个"两面派",在家里,我可是经常和弟弟吵架的。有一次和弟弟下棋,我运筹帷幄,已经稳操胜券啦!弟弟一个不小心,我就直接将他的"车"吃掉了。这"车"可是所有棋子中最厉害的一个,就这样白白死掉太可惜了。弟弟想要悔棋,我不同意,他又很诚恳地求我,我还是不同意,他生了气,于是你一言我一语,我们吵得天都要翻了!为了这件小事,我们都哭了,我正要抡起拳头打他,妈妈拦住了我们。后来,我们又和好了。我们每次吵架后,都会很快和好,所以吵架已成了日常生活之中必不可少的一部分。

　　这就是我,一个爱做作业又很挑食的独一无二的我!

(吴麟震)

这就是我

我是吴麟霄，一个普普通通的初中生，来到新的学校——武阳中学才两个星期，对一切都不是很了解：哪里是政教处，哪里是校长室，哪里是财务室、打印室、科学实验室，我都一无所知。所以，我对这里的一切都还充满着陌生，但又充满着希望与憧憬。因为，这里和小学的差距很大，我充满了对新事物的好奇心。

小学时，课文并不长，背背很轻松，老师们经常夸我聪明、记忆力好；到了初中，课文越来越长，含义越来越深刻难解，背课文对我来说也就不再是件轻松的事了。这说明小学的知识比起初中来，还是简单太多了，初中生需要比小学生多好几倍的精力去面对繁重的学习任务。

小学时，上课稍微走一下神影响不是很大，可是初中呢，截然不同：假如上课时不认真听课，漏过了几个重点，那么做起作业来就会难上加难，考试时就会大错特错。所以，初中生上课时，必须全神贯注，不可以漏过任何一个重点。

…………

初中的改变还有很多，比起小学，压力更大了，如果不全力以赴，等来的只能是差劲的成绩、老师的批评、家长的愤怒。初中，太累了！

我是一个勤奋的人。面对如此繁重的任务，我也不是没有压力，但还算能够坦然面对。我们班是一个优秀班级，学习氛围很浓。下课了，当其他班级在外面疯狂地大喊大叫时，我们班大部分同学却安安静静地待在教室里做着作业，我也不例外。不过，当其他同学也想休息一会儿时，我依然在做作业，因为我不想浪费课间宝贵的时间。我常常这么想：如果每次课间休息时都在学习，那我就能比别人多学几分钟，几十分钟，几百分钟，几千分钟，这就等于多学了多少节课啦?! 所以，这些时间都不能错过。

　　当然，我也不是学习的机器，只会学习、做作业，我还是会适当地劳逸结合的。当作业不是很多时，我会在走廊上安安静静地走走，看看外面的风景。如果整天都在学习，眼睛的负担太重了，所以我还是会适当地休息一下，毕竟健康的身体最重要。

　　我不仅勤奋，也是一个有责任心的人。开学第一天，班主任就让我当语文课代表，说明老师很信任我，希望我在班级里起到带头作用，并管理好同学们。

　　刚一上任，我就接了个繁杂的任务。语文老师给我两张用来登记成绩的表格，并把今天上午的默写作业本交给了我，滔滔不绝地说道："听清楚了。这些呢，是默写满分的同学的作业本，你一本一本登记上去，打一个五角星，并发下去。这些呢，是九十分以上的，你不用登记，先发回去让他们订正，订正好后拿回来给你改过了，打了√才算完成任务。最后这些，都是九十分以下的，你发下去让他们订正，订正好后准备重默，默好了才算通过。"听完老师的要求，我利索地开干，很快就完成了。

　　还有一次，是要默写古诗《龟虽寿》。第一遍默，二十八人过关，二十二人失败，中午重默后，依然留下了十一人，最后一节课再重默，还留下了五六个人。放学了，我没有马上向老师交差，而是待在教室里，等这些重默的同学默好给我改到满分并登记后，我才倒数第二个回家。连一向严格的周老师也夸我负责任呢！

　　这就是我，一个勤奋、有责任心的我！

（吴麟霄）

我的爷爷奶奶

　　我们兄弟俩是双胞胎。哥哥出生时比我重半斤,所以他的体质比较好,并一直由妈妈带着。我的体质相对较弱,出生后奶奶请了保姆来带我。但半年后奶奶发现保姆不太负责任,很不放心,就辞掉了保姆,由奶奶自己亲自带,一直带到我十二岁。其实我奶奶是一个很有主张的人,还有一股牛脾气。当然有些事是奶奶后来才同我讲的。

　　爷爷当然对我们兄弟俩宠爱有加,但他对我们俩的宠爱从来不挂在脸上,而是深深地藏在心底。我们出生后,爷爷就让我们的外公做了两根一寸宽、三尺多长的毛竹片,毛竹片的一头剖出细细的竹条,这是为了打我们的时候会肉痛但不伤及骨头。爷爷称这两根毛竹片为家法。我三四岁时脾气很犟,有一次就是哭着、闹着不听爷爷的话,爷爷就用那毛竹片把我的屁股打得一杠一杠的,我顿时就被爷爷打服,不哭也不闹了。

　　自从我们兄弟俩开始上幼儿园,一直都是爷爷奶奶接送的,一直接送到我们小学毕业为止。每当放学时,路过街路旁摆满了各种小吃的小摊,我们兄弟俩就有点嘴馋,总想着让爷爷奶奶给我们买点吃的,可是爷爷奶奶总是严肃地对我们说,路边的东西不卫生,不能买;小孩子不能贪吃，更不能乱花钱，要养成好习惯。我们只能垂头丧气地跟着回家。事实上一回家，奶奶老早就准备好了我们吃的点心。

我们上小学的时候，爷爷奶奶接我们回家后，爷爷就坐在我们身边一直到我们完成作业为止，然后让我们看半个小时的动画片。时间一到，爷爷就提醒我们，半个小时已到，把电视关掉，我们就会老老实实地把电视关掉，开始预习明天的功课。爷爷从不亲手来关电视，后来我们长大了，才知道爷爷对心理学挺有研究。我们就读小学的六年里，爷爷的接送和监督几乎没间断过。正因为爷爷奶奶的严厉教育，且又讲究方式方法，我们兄弟俩都养成了良好的生活习惯和学习习惯。

爷爷是个急性子，除了做学问之外，做什么事都想一气呵成，也很少上街，也不带我们上商店和超市。他只在一件事上很耐心。我读小学时很喜欢买书，每当星期天总要去书店买书，只要是买书，爷爷就会带我去，而且我一进书店就是半天，爷爷也会在书店翻翻看看，耐心地等待我，这是他唯一的耐心。所以我至今也只知书店，不知超市。

我们读初中后，爷爷就理智地主动退居"二线"，把接送的任务交给了我妈妈，并让我们同父母住到另一处。爷爷的良苦用心我心知肚明，目的是让我同父母的感情更融洽。他自己也想适应今后孤独寂寞的环境，因为我们长大了，将来有一天总要出去工作的，不可能一辈子陪伴在他们身边。所以，我的爷爷是很睿智的。但不管在初中还是在高中就读，他对我们兄弟俩始终是很关注的，在一起吃饭时总是同我们交流一些富有哲理的话，并鼓励我们要善于突破难关，敢于冲刺，敢为人先。同时，他每天都要把报纸副刊上的好文章圈起来并进行批注，要我认真读后找出最关键的段落和最美的句子。

爷爷起先一直是从事行政管理工作，后来转为搞法律专业。爷爷家中藏书万卷，他在工作之余也非常喜欢看书，有时候兴致来了写点散文、杂文、随笔、中篇小说等，他的文章发表在《人民日报》大地副刊、《市场报》文化沙龙副刊、《中国经济时报》副刊、《当代文坛》、《四川文学》等报刊上，累计有三百多篇。他退休后顺理成章来了一个华丽转身，转入了文化人队伍，着重挖掘研究编写地方历史文化，而且颇有成就。

他至今编著出版了四百六十多万字的书籍。我们真为有这样一位好爷爷感到自豪和骄傲。

不过金无足赤、人无完人，爷爷也不例外。他有时就是个老顽童，是个性情中人。有时个性犟得很，简直就是一个教父，好像他就是真理的化身，连奶奶都要臣服于他。不过，我认为一个没有个性的人，也许是一个软骨头，可能会一事无成。

爷爷一生为人忠诚、善良，宽以待人，严于律己。他虽退休多年，但他的许多老部下、一些文人墨客逢年过节还是会特地来拜访他。而且爷爷待人很有礼貌，每当客人离去时，他总是送客人到大门口，等到客人走远了，他再转身回家。

这真是身教重于言教，爷爷为人处世的方式方法就是我们的宝贵财富。爷爷是我血缘上的爷爷，爷爷是教我怎样为人的老师，爷爷是我学习和生活中的朋友。我们衷心祝愿爷爷奶奶寿比南山，福如东海。

（吴麟霄）

（原载 2017 年 11 月 27 日《安庆晚报》副刊）

爷爷与书

我从爷爷的散文集作者简介上看到他的自喻:鄙人曾任过小吏,本命属牛,生性愚笨不善交际,喜固守陋室、青灯黄卷,以茶为"妻",以烟为"妾",以书为友。我读之颇感有趣,这也许是对他人生的最简单明了的归纳。

我爷爷退休前是名公务员,但因他平时喜好读书,退休后,他又顺理成章地成了半个作家。

爷爷对我的耳濡目染是无可替代的,不只是因为他学识渊博,更是因为他做事刻苦认真、诚实守信,是我做人的榜样。同时,我对爷爷还怀有另外一种特殊的感情。他的大书房中有万卷藏书,我一直到十二岁都是睡在他书房中的,当时我真是坐拥书城,这对我的影响很深很大。

几年前,爷爷接下了十分重要的任务——为自己的家乡宣平写一套介绍当地人文历史、风土人情的"武义县宣平地方历史文化丛书"。为家乡做一份贡献,是我们每个人都应尽的责任与义务,所以我爷爷毫不犹豫地接受了。

于是,每天客厅都少了爷爷的身影。以前晚上吃过饭,等我做完作业,我与爷爷都要坐下来聊聊天、看看书、看看电视。现在只剩我和哥哥,而爷爷则在二楼和一些编写人员仔细地探讨丛书中的一些问题,或独自一人奋发地写作。

日复一日,爷爷早出晚归。中午本应是他坐下来休息休息,品几杯茶,看几页书,或是睡个好觉的时间,现在爷爷却一直在工作室认真地看稿子,不愿意放过每一个错误。有时候啊,他还坐下来给我看稿子,让我看看咱们人杰地灵的宣平从古至今都出过哪些人才。他总是说:"吴麟霄,你看,宣平是这么一个人才辈出之地,你要以他们为榜样,争取超过他们!"每一次我都信心十足地回答:"当然!"听见我说的,他便露出他洁白的牙齿,开心地冲我笑……

其实,我爷爷并没有必要接受这个任务。爷爷日复一日地辛苦工作,甚至有时要迈着年迈的双腿踏进深山老林,想尽办法拍下每一张珍贵的照片;每天深夜,等我睡了,爷爷依然一个人独自在灯下思忖。即使爷爷不是一个特别伟大的人,但在我心中,他绝对是一个值得所有人尊敬的人。

历时数年,经过全体编写人员与工作人员的辛勤努力,共十卷二百四十五万字的"武义县宣平地方历史文化丛书"终于完成。它倾注了我爷爷多年的心血与汗水——一位六十多岁的老人!他经常同我说,宣平曾经出过三位宰相、两位状元、一位探花,还有过一位辅佐过五朝皇帝的忠臣、道士——叶法善。我想,我的爷爷和他的这套丛书同样值得被载入宣平的史册。更重要的是,爷爷刻苦负责、诚信平和、方正大气的为人处世精神将化为一本本被永久保存的书籍,鼓舞着我向梦想与未来奔去。

(吴麟霄)

(原载 2017 年 12 月第 31 期明招文学社社刊《明招》)

姓名趣谈

在这世上，姓名也只不过是每个人的符号而已。但对于书香门第之家，一旦有小孩出生，总要为取名而费尽心机、绞尽脑汁。当然我也不例外。

我的名字是吴麟霄。吴麟霄，吴麟霄，呵呵，顾名思义，就是一个伟大的人。不要说我自恋，不要说我狂妄，只能说这是我极度自信的外在表现罢了。下面我就来详细说明一下。

吴，这还用解释吗？我爸、我爷爷、我太公、我太太公、我太太太公都姓吴，说不定还是吴承恩的后人呢！然而我并不是从石头里蹦出来的孙猴子，而是妈妈十月怀胎，辛辛苦苦生下来的吴小子！你可能要问，为何不跟妈妈姓呢（你不是刚说完妈妈十月怀胎的不易吗)？废话，这是一个中国传统姓氏文化的延续而已。可不要说我是个古代人，不与时俱进！我可是一个 00 后出生的先进青年呢！

麟，麒麟的麟，这明显是承载了我所有亲人朋友的殷切希望，希望我能够成为百兽之王，万众瞩目。我爷爷是个文化人，但也不免有望孙成才的期望，我出生后他还特地与几个文人聚在一起商讨，甚至请来了书法家陶先生（陶先生通诸葛神算），一起商议我的名字。一番激烈的争论之后,他们选出了二十三个笔画的"麟"字来。Oh,no!要知道开始时写这"麟"字还真不是一件轻松的事:每次考试,同学们都已开始做题了,我却连名字都没写完。我放学回家要爷爷改名字,爷爷却冷冰冰地说不行,要学文化总是要付出代价的!其实,"麟",结构紧,却又显得秀气灵动,乃吾"镇'名'之宝"啊!

最后来说一说"霄"。霄,九霄云外的霄,同样很明显,长辈们希望我可以直冲云霄,俯视一切!更有趣的是,我爷爷去山海关旅游时,在长城上看到一位专写藏头诗的书法家,爷爷就把我们兄弟俩的姓名告诉了他,让他给我们兄弟俩写藏头诗。写给我哥的是"吴中豪杰振家声,麟腾玉宇显峥嵘,震惊神川才智存,奋发未来清华中",写给我的是"吴府盛世出英男,麟翔前程志云天,霄汉驰骋何所惧,勤学顿悟北大园"。爷爷还把它当作生日礼物送给了我们,我至今还放在自己的案桌上,用来勉励自己。可见爷爷盼孙成才之心的一斑了。我当然不能辜负爷爷之盼,努力学习做人,争取众望所归!

吴麟霄,唯一的吴麟霄,全国也难以重名了吧!呵呵,就是这么刁钻!因此,我也要像我的名字一样,做唯一的自己!我有一句"名言"——我所向无敌!但愿如此吧。不,概率应当是百分之百的!!哈哈哈……

在繁忙紧张的学习中,偷点时间调侃自己一下,望诸君切莫笑话我。

(吴麟霄)

记忆中最亮的一颗星

　　记忆如同一条水流潺潺、奔流不止的小河,由我们的经历汇聚而成;如同雨后横跨天际的彩虹,由我们的快乐凝聚而成,闪烁着光芒;如同一杯温暖的奶茶,由我们成长路上亲人的关爱汇流而成,充满了温馨与甜蜜。

　　小时候,还未长大的我住进了您和爷爷的家。您笑眯眯地看着我和哥哥(我们是双胞胎),将我揽入怀中,轻揉着,摇着,生怕伤到了我。您把我小心翼翼地放入婴儿车中,推我去溪边散步,在溪边安静地走着,摘下一朵花让我闻闻大自然的芳香,拾起一片绿叶让我摸摸这生命的痕迹。夜晚,您安静地守在我的身旁,看着我缓缓入睡,时间仿佛都为我而停止。窗外月光如水,倾泻在床前,随着光与影的缓缓流动,天空中的星星闪烁着光芒,似乎在眨着眼睛仔细注视着这一温馨的画面……

　　待我们长大了一些,进了小学,放学后,您就站在人群之中急切地等待着我们走出学校大门。一看见我们出来,您便微笑着迎上来,不等我们说句话便拿过我们的书包,背在自己的肩膀上。回到家,看到桌上丰盛美味的饭菜,我们马上冲过去拿起筷子狼吞虎咽地吃起来,您则坐在我们边上,看着我们吃得这么香,眼神中洋溢着慈爱与温柔。吃完饭,我们便坐在学习椅上做作业,您便在我们身旁悄无声息地做着家务,生怕惊扰了我们。窗外清风起,吹得树叶左右摇晃,发出"沙沙"的响声,一切都显得如此平静……

　　如今,我已上了初中,离开您的家住进了学校旁的一套房子里。尽管是这样,每天晚上,您还要打电话来询问我们最近身体如何,学习是否顺利,还千叮咛万嘱咐妈妈常带我们回去看看。每当我们周末和寒暑假回去时,您都亲自下厨,为我们烧一桌美味的饭菜。走时,您朝我们挥挥手,望着我们远去久久还不回家。路灯发出微弱的光,照着您忧郁的神情……

　　那天我们回到您家时,您用粗糙的双手柔和地抚摸我们,脸上泛着微笑。我知道您退休后但凡有空闲又去种菜了,又是为了我们。

　　每天夜晚挑灯夜读时,我都要看看那有着一弯明月的天空,因为我相信您也会始终在家门口看着我们。奶奶,您是我一生中最亮的一颗星,指引着我,鼓励着我,朝着太阳升起的方向奋力奔跑!

（吴麟霄）

（原载 2017 年 12 月第 31 期明招文学社社刊《明招》）

和爸爸打赌

　　火药味十足的欧洲杯让我们家的三个男子汉——我、弟弟和爸爸发生了争执，于是妈妈当裁判，我们打了一个赌。

　　那天早上，打开电视，正巧赶上葡萄牙与法国的决赛重播，当时比分还是0比0。一向偏向葡萄牙这一方的我和弟弟，还以为比赛刚开始，可实际上已是下半场三十几分钟了。闻风而来的爸爸说："葡萄牙肯定要失败了，C罗等高手都上了，何况法国那么强，格列茨曼肯定会上演绝杀。"

　　因为我和弟弟早上已看到过葡萄牙夺冠的新闻标题，只是没看内容，于是灵机一动，想出一个好主意。

　　"那可不一定，我们赌葡萄牙赢！"

　　"好，那我就赌法国赢吧！"

　　于是，我们就在妈妈的见证下打了个赌：如果爸爸输了，爸爸就得戒烟；如果我们输了，今晚就由我们做饭。妈妈既想让爸爸戒烟，又想我们提高生活自理能力，不管怎样，她都不吃亏。

　　比赛激烈地进行着，我们也激烈地喊加油。我和弟弟大叫道："葡萄牙，进球！葡萄牙，进球！"可爸爸却在一边大喊道："别进球！别进球！"

时间一分一秒地过去,可双方依旧未见分晓。我们可真是焦急万分,都已经踢到伤停补时了呀。难道是我们早上眼花了?再这样下去,都要踢点球了!

　　正当我们大惑不解之时,场上风云突变。小将埃德在禁区前沿一脚怒射,门将猝不及防,球进了!!球进了!!

　　"我就说吧!爸爸,这回你可输了!"

　　"还没完呢,这不还有几分钟吗?等着瞧!"

　　爸爸似乎还不服输,可之后法国虽拼命进攻,却总是无功而返,最终,比分定格在了1比0。"哎,看来我只得戒烟了!"爸爸有些失望地说道。

　　打赌结束了,我走到妈妈身边,轻声说:"其实我和弟弟早就知道结果了,只是故意想让爸爸戒烟罢了,他居然没发现这是重播!"

　　"谁说我不知道的,只是我的确该戒烟了,就让你们高兴高兴!"

　　哈哈哈!我们一家人的笑声比球迷的欢呼声还高。

（吴麟震）

爸爸的那件西装

在爸爸的衣柜中,我发现了一件十分精致的名牌西装。

"妈妈,为什么爸爸从来不穿这件西装呢?"

"哎,这是我和你老爸结婚时他穿的,那时他身材好,挺瘦的。现在发福了,哪里还穿得下呢?"

"哦。或许什么时候老爸减了肥,就能再穿上这件西装了,那样子一定很帅!"看来爸爸要重穿这件西装,也只能等他减肥了。

期末的跑步测试就快到了,可我的耐力依旧和以往一样的差,上次只得了七分,这让我爸妈都很担忧。

这天清晨,我被爸爸的叫声吵醒了。他把一套运动服扔给我,说道:"走,出去晨跑!"我急忙穿戴好,同爸爸出了门。

呀!冬天的早晨可真够冷的。吐一口气,马上就成了水蒸气,却又有着一丝暖气。

"别发呆了!再冷也不能放弃呀!来,咱们比谁快!"说着,爸爸飞快地跑向前去。

"哎呀,等等。这不公平……"我也向前冲去。

就这样,在一个寒冷的冬日早晨,空旷的操场上,我与父亲在努力地奔跑。时而听见树上鸟的鸣叫声和路上汽车的鸣笛声,但在这如此之大的世界之中,似乎只剩下我和爸爸,只听见我们的笑声……

从此,每天清晨,当别人还在睡大觉时,我就和爸爸出去,奋勇地奔跑。渐渐地,我的耐力变好了,爸爸也减肥成功,不再像以往那样胖了。

不久,考试的日子如期而至。想起这些天的努力,想起爸爸的陪伴……我一定要跑出水平!在测试中,我拼尽全力,终于得到了九分。

回家一开门,我便看见了爸爸。他穿着那件西装,真是帅极了!"祝贺你获得好成绩!"原来爸爸这么多天的陪伴,是想让我更加健壮、开心,也是想让我看看他穿西装的样子。爸爸,谢谢您!

早晨的太阳终于升起,雾霭渐渐地退场了。只有我和爸爸,在操场上奔跑着……

（吴麟震）

给妈妈的一封信

亲爱的妈妈：

　　您好！我是您最亲爱的儿子，是您的心头肉。这十五年来，多亏了您的帮助和陪伴，我从一个小男孩长成了现在的小大人。

　　可我发现，不管是以前还是现在，在您心中，我就是个长不大的孩子，您还是喜欢像从前那样无微不至地照顾我，可我想说，我早已不是小孩子了。

　　有人说过，凡人要自立，要自强，要求己莫求人；孔子曾说，君子求诸己，小人求诸人。的确，自立自强对于一个人来说是非常重要的，对我来说当然也一样，可妈妈您就像不知道似的。

　　每次我洗澡之前，您都要在浴室里待上好久，把衣服、裤子、毛巾、暖气等等全都准备好，有时甚至连水温都要帮我调好。说实话，我并不希望您这样。小时候我还不懂事，澡都是您帮我洗的；可如今我已长得这么大了，难道准备换洗衣物这样的小事我还不能解决吗？小时候我太贪玩，对于冷热并不是太在意，结果常感冒；可现在，我的抵抗力已经很强了，对于自己的冷热更是心中有数，暖气什么的我自己会用的呀！

　　晚上的时间，您大可不必再为我忙东忙西，还看着我做作业，其实这并没有什么用。我知道您望子成龙，希望我认真学习。的确，小学时的我自控力不强，一不小心思绪就能飞到十万八千里之外，可现在的我，自控力强多了，完成作业对于学生是最基本的任务，我一定会认真去做的。您完全可以趁晚上的时间休息一下，看看报纸杂志，或者上上网，也可以增长一点自己的文化知识，以适应社会的变化，人，学则进，不学则退。

　　同时我也希望您能轻松一点。每次打完篮球，您就要给我换衣服，可我知道自己的衣服并不是太湿，穿上外套就无大碍了。可您不管三七二十一，湿不湿都得换。其实我也不想让自己感冒，冷的话我一定会自己换上的，不冷又何必要换呢？难道您比我更了解我自己的状况吗？

　　妈妈，我知道您对我的关心是出于对我深深的爱，这一点，我已深有体会，我很理解。的确，父母总是想无微不至地照顾孩子，甚至孩子不开心自己就不开心，孩子病了就想替孩子生病，可您也应该适当地放手，让我自由地飞翔，也许只有这样，我才能像您所期望的那样，在那苍穹之下尽情地翱翔。不然的话，您尽是做一些无谓的关心，我永远不会成熟，也永远都无法独立生活，那不久后就要上大学了，以后还要进入社会参加工作，难道您还跟着去关心我吗？您应该懂得该放手时就放手，这才是对我真正的关心和爱护。

2016 年 12 月 25 日

您的儿子　吴麟震

（吴麟震）

我最尊敬的老师

　　记忆中，繁星点点，有的大放光彩，代表着我的胜利与喜悦；有的略显黯淡，代表着我的平凡往事；有的几乎看不到它的光芒，代表着我不堪回首的往事。就让我采撷一颗最亮的星，让它来讲述自己的故事。

　　当我七岁时，第一次踏进这片土地：整洁的教学楼、鲜艳的花朵、弥漫着醉人芳香的花坛、功能齐全的体育场、可爱的同学们、亲切的老师们……

　　您看见低着头、红着脸走进教室的我，立刻走过来和颜悦色地说道："孩子，今天是开学第一天，学校是一个很安全的地方，待会儿等同学们都到了，咱们一起玩游戏吧！"看着您温柔如水的眼神，天真的我竟怀疑起您为何如此关心我。

　　您为我们班级中所有的同学真是操尽了心。每天早上，您都早早地来到学校，站在我们身旁看着我们早读，仔细注意着每一位同学的言行，时而对一位同学严肃地教导一番，时而又帮我们听写词语、背诵古诗；上语文课时，您站在讲台上，声情并茂地为我们讲解着课文，想尽办法让我们能够更好地理解文章；下课了，您还是不放心，总要看一看班中的情况才回到办公室喝杯热茶，休息一下劳累了一天的嗓子。的确，数学老师也说,为了我们,您这六年来苍老了太多:头上的皱纹多了几圈,平添了几丝白发,手看上去也粗糙了几倍……我们都为您心痛啊!

　　窗外的花正开得娇艳,姹紫嫣红地展现自己的风采;而您却像整天忙忙碌碌的蜜蜂,为我们奉献所有!章老师,您就是我记忆中最亮的一颗星,尽管我已就读初中了,但一想起您,心中便充满了力量,助我继续前行!

（吴麟霄）

有一种记忆叫温暖

一次鼓励是温暖的，激励着你从头再来；一次无微不至的照顾是温暖的，令你体会到亲情的可贵与无价；一次善意的批评是温暖的，让你感受到他人对你的关心，人间自有真情在。

小学二年级时，一次，我因骑自行车不小心摔倒伤了腿，虽然还能正常走路，但"狡猾"的我想借此机会休息一天。于是，走在上学路上，我跟妈妈说自己腿还没有恢复，要求休息一天。妈妈知道我伤得并不重，严厉地说："不行！这么点小伤又不会影响学习和生活，怎么能因为这么点儿小伤就请假呢？"

不知当时我是不是吃错了"药"，都走进学校大门厅了，竟然不听妈妈完全正确的劝告，趁妈妈不注意转身飞奔出了学校！我很快又后悔了，但做错了事是收不回来的，反正现在去或不去结果都是一样的：被老师、家长严厉批评，被同学疯狂嘲笑与讽刺。我害怕地蹲在一个隐蔽的草丛中，想着之后可能发生的一切情况。时间慢慢推移，实在忍不住无聊的我小心翼翼地从草丛中站了起来。没想到——爸爸、妈妈和我的班主任章老师正好在这儿寻找我，我就这样被他们抓了个正着。

走回学校的路上，我不停想象着进入教室后会发生的事情。没想到,走进教室,当全班同学都以好奇的目光看着我时,章老师竟站在讲台上向全班同学郑重其事地说道:"今天吴麟霄腿受了伤,但他仍然坚持来上学,大家要以最热烈的掌声欢迎和表扬他!"

全班掌声雷动,我却站在原地看着章老师温柔的目光,一动不动……

章老师,您为了不损害我的尊严,不仅不批评我反而表扬我,您对我的鼓励与尊重将令我终生难忘!这件事就这样在我心中留下了永久的、温暖的烙印。每当我面对困难时,记忆深处的温暖便号召我鼓起勇气,向着目标不停地前进!

（吴麟霄）

我的老师

　　我的初中班主任姓周，她是一名科学老师。给我印象最深的是，她坐在办公室的椅子上，双手握着一只紫色和白色相间的水杯，神色平常而又庄重，严肃却显得慈祥，嘴角带有微微的笑容。

　　她是一个富有亲和力的人。组长们被她叫去办公室教导时，她要不就靠在桌子边沿站着，要不就坐在椅子上握着杯子看着，从不横眉怒目。和我们商量如何更好地管理班级时，她永远都是以灿烂的微笑面对我们，从不只是提出自己的意见，而是让我们各抒己见，最后才达成共识，再统一去执行。中途还时常回想起自己过去的同学，与我们聊聊同窗情谊，或是讨论一些新闻，与我们有说有笑，其乐融融。我认为她说得对，也做得好：学习就应当快乐一些，充实一些。我还常看见周老师与其他老师相处时也是谈笑风生。快乐人生其实就是这么简单。不用她教，她的言行就能让我们很好地体会到。

　　她是一个善于让学生团结协作的人。我们班有十二位组长、五位值日班长，但这么多个班干部不是只挂个名，而是个个都"物尽其用"。她每每坐在椅子上，握着杯子，时而小抿一口，态度温柔，笑容柔和，耐心地听着值日班长的汇报、组长的"举报"。"团结力量大"，她始终抓住这一点，老师是人不是神，只有发挥更多同学的力量，为班级做出贡献，才能尽可能多地了解班中的情况，以便做出对策。她要我们分为十二个小组，也是为了让我们学会互帮互助、互相监管；每周进行小组比赛，则可以培养我们的竞争意识、团队精神；每周对本周进行分析、总结，让我们学会了自我反省、不断改进。

　　她有时也是一个很严肃的人。作为一名科学老师，她的严谨态度是无可置疑的。一旦她坐在椅子上，握着杯子，没有了笑容，而出现了郑重的神情、庄重的眼神，你就会备感压力。但是，批评我们学习上的漏洞，告诉我们好的学习方法的同时，她也会引导我们如何为人处世，沉重的气氛便会变得轻松许多，我们也就毫无压力了。对于她的要求，我们从来都是说到做到，因为她宽严相济的策略让我们感触很深，每次教导我们的话，我们都是心服口服的。

　　她坐在椅子上，握着杯子，神色平常而又庄重，严肃而又慈祥，似乎永远是这样。正因为如此，我们班这条大船才把握好方向，奋力起航，前进！我的周老师，令我由衷佩服。谢谢您，我们优秀的船长！

（吴麟霄）

身边风景也动人

在我们学校及我们班里,不管是在学习上,还是在体育课上,总会有些同学做出助人为乐、关心帮助他人的善举,成为身边一道亮丽的风景。这也让我学到一些做人的道理,人家成了一盏灯照亮了他人,我也要做一盏灯去照亮他人。

我常常在思考,在我们的身边,到底有什么动人的风景?那天,我得到了答案。

一个骄阳似火的夏日早晨,我邀上几个最要好的朋友,一起去操场打篮球。大家一到齐,比赛马上进入正轨。

发球!徐同学眼疾手快,立刻找到了角落里无人盯防的王同学,用尽全力将球扔了出去。王同学明白了徐同学的意思,接到球后,马上向内线突破,可在傅同学的防守之下,他根本冲不进来。这时,他瞅见了正向内线跑来的朱同学,马上把球传了过去。这个精妙的传球立刻又被其他同学发现了!朱同学奋力抢球,结果用力太猛,绊到了别人的脚,整个人直直飞了出去,倒在地上痛苦地呻吟!

看到这一幕,大家都着了慌,一下子没反应过来该怎么办。这时,周同学挺身而出,跑过去将朱同学扶了起来。"我去帮你买药!"他微笑着说。说完，他马上骑上自行车，以最快的速度买来了冰水。"倒在伤口上！"说完，他又骑着车走了。

我们马上上前扶好朱同学，把冰水倒到伤口上消毒。这时我才发现他的伤势：身上摔破了五处，鲜红的血流出许多。刚刚围着抢球的几个同学都挺内疚的，连连说对不起。

这时周同学又回来了，他拿出药瓶，细心地把药涂在了伤口上。将每个伤口涂上药液后，周同学又给朱同学贴了创可贴，想得周到极了。后来，朱同学的父母来了，周同学又帮着送他们出去，直到他们消失在视线之中……

看着这一切，我的思想神经触动很大，对周同学佩服极了。

几天后，我与周同学聊天，说到了药钱的事。他却说："朱同学要给，我也不会要，因为我们同学之间的关心、友谊是无价的！"

也许，那些善良的心灵便是世上最动人的风景吧！

（吴麟震）

那片红枫叶

在这个萧瑟的秋日,我翻开书本,又看到夹在书间的那片红枫叶。红枫叶还是没变色,细致的纹理却又体现了生命的奥秘,我的眼前,仿佛又出现他的笑颜……

那个金秋九月,我与他相逢了,我们成了同桌。他似乎不善言语,一直沉默不语。我伸出手,微笑着说:"你好!以后我们便是同桌了!多多关照!"他似乎被我的主动惊呆了,但也感到开心。"好!"他伸出手。第一天,我们便成了无所不谈的好朋友。放学了,我急忙拉着他的手,去校门口大吃一顿。我一路狂奔,他却气喘吁吁,一会儿就跑不动了。起初,他并不喜欢吃这些东西,后来竟为了与我抢吃的噎住了。看着他可爱的样子,我也开心极了。

吃完了,我们又到山上散步。夏天的热浪已经悄然退场,秋的意境已开始登台。秋高气爽,凉爽的秋风吹来,吹落片片红枫叶,也吹到我的心里。踏在一片片树叶上,发出"沙沙"的声音,好似一首美妙绝伦的天籁。不禁感慨:"金风玉露一相逢,便胜却人间无数。"

他望着远方地上的红枫叶,若有所思。我问他:"想什么呢?""你说我们的生命虽然美好,但是不是终有一天,会像这红枫叶,暗自凋零呢?"哎呀!想什么呀!别想这种事情了!"他听了,好像又有什么话要说,却又咽下了。

第二天上学时,他才把真正的原因同我讲了,我才知道他父母要调到 A 市去工作了,他也将不得不转到 A 市去就读。但他很不情愿离开我们,特别是我。他说他到 A 市后会给我写信的。我们相望无语,真是聚时容易别时难。

一天早上,他没有来,我身边空空的,心里也空空的。老师说:他已经转到 A 市去就读了。我的心像是被一把锋利的匕首刺到了一样,难受极了。

他离开了,只给我留下一片红枫叶,留下一段难忘的记忆。

（吴麟震）

难忘的眼神

直到今天，我都难以忘记那个眼神……

因为同时成了篮球迷，我们俩成了亲密无间的好朋友。那天，为了庆祝生日，我买了一个新篮球。"我买了一个新篮球，下午咱们一起去打篮球吧！"我向他发出了邀请。他说："好呀！"

下午，我们在操场上见了面，他一看到我的篮球便呆住了。我奇怪地问："怎么了？""没，没，没什么。"我虽然感到奇怪，可是也没有多在意。很快，我们一起度过了一个美好的下午。

第二天，我回到教室，却发现昨天放在座位边上的篮球不见了踪影，我气愤极了！"这可是我新买的篮球啊！要是让我知道谁偷了我的篮球，我一定要给他点颜色看看！"他安慰我："别生气别生气，不是什么大事啦。今天晚上到我家，和我一起做作业吧。"听了他的安慰，我的心里舒服了一些。

很快到了晚上，一进入他的书房，我就惊呆了，那不正是我的篮球吗？颜色和大小都一模一样。看到这，他正要说些什么，我却忍不住了："你太过分了！我把你当作最好的朋友，你却把我最心爱的篮球拿走了。你……"一瞬间，他眼神黯然。但我二话不说，转身摔门而去了。

第二天上课的时候,他课间出去后一直都没有回来。我虽然昨天与他闹了矛盾,但毕竟我们之间还是有深厚友谊的,于是我向老师请假,去厕所找他。一进厕所,我便看到他正蹲在地上哭。我走过去拍了拍他的肩膀。"我要转学了。"他边哭边说。"为什么?""我在这儿学习不是特别好……今天放学后,到火车站送我吧。""嗯!"我回答。

在火车站,他递给我一封信,说道:"再见了,多打电话给我。信回去再看!"说完,他激动地拥抱了我。我的热泪终于从眼眶中流了出来。"别忘记我,再见了!"望着他远去的背影,我伤心极了。

回家后,我立刻打开信封,上面写着:对不起,我要走了。我知道你的生日要到了,便买了个篮球决定送给你。没想到你自己也买了一个一样的篮球,我叫你到我家只是想把球送给你。请你原谅。

看到这儿,我再也忍不住了。我号啕大哭。对不起,是我该请你原谅才对呀!

尽管他的眼神永远在我心里,但我的行为却已无法挽回了……

(吴麟震)

岁月偷不走的友谊

小学六年，我们曾一起走过。小学的生活，至今历历在目，谁能忘记？

记得小学六年级的一天，早上 7 点，我早早到了教室，忽然发现自己英语试卷没带，早读马上就要用了，我急忙向老师另外要了一张，投入题海之中。这样的生活虽很忙碌，但也很充实、很快乐，因为我有同学们的陪伴。

其实友谊并不是天天都一本正经的，有时候真正的友谊也会出现喜、怒、骂、笑，甚至是幽默地讽刺挖苦几句，或者开几句玩笑。

还记得那次下课，前面的男同学突然对同桌的女同学说道："猪，你累吗？"

女同学听了马上来了火，"你说谁是猪！你才是猪！又肥又笨的猪！"

"哎哟！母猪发火啦！小哥我如此风流帅气，怎么会是猪呢？你不是爱上我了吧？"说着，男同学不禁笑了出来。

"你，你……太不要脸了！"女同学红着脸，顿时语塞。

这校园里的小喜剧逗得周围的同学都大笑起来。我真是希望这样的喜剧能多上演几次呀！这也是一种熟不拘礼的友谊。

可是，岁月如梭，小学毕业考马上就要到了，教室里弥漫着舍不得的气息。

不知是谁先开始写同学录，教室里马上流行起来。每个同学都在同学录上写下自己真情的话语，留下喜乐，留下伤悲，留下离别，留下祝福……还记得那节课上，某男对好兄弟说："可别忘了我，小心我揍你！"说着，还握紧了拳头。某女对闺密说："我们以后还要一起逛街聊天！"同学们一一祝福自己的友谊长在。

舍不得的还有老师。那天，同学们纷纷带上笔记本，请老师再给自己写一段留言。看着眼前这一幅幅动人的画卷，我的眼眶不禁湿润了。

直到上初中了，有一天，我还翻开同学录，看着一张张昔日的照片，看着同学们开心的笑颜，我知道，我们的友谊还在，岁月偷不走它，它是生命长河边一棵郁郁葱葱的参天大树，永远不倒！

（吴麟震）

有您真好

"糟了,糟了!马上就要来不及了!"那天,我分明调好了闹钟,也许是睡得太香的缘故,竟晚起了近二十五分钟,离迟到只差十几分钟了!我一边大嚼口中的包子,一边焦急地等待公交车。

终于来了,我立马挤上了车,习惯性地把手伸进包里找零花钱,可偏就是一分钱都找不到。"这下完了,原来钱已经用完了,我居然忘记向爸妈要了!如果这时下车回家去取,那就铁定迟到了!"想象着班主任凶狠的表情,我不禁打了个寒战。这时司机已向我投来了怀疑的目光,我连忙又翻了一遍书包,急出了一身汗,可还是找不到!

车上的许多大人都看向了我,我羞愧万分,脸都红得像火一样了。一个人说:"这小孩忘带钱了吧,真是丢三落四。年轻人啊,就是没责任心呀!"另一个人又说:"这小孩不会要逃票吧?"这时,司机已经等得不耐烦了:"再不交钱你就下车!"

我听着这些话,就像热锅上的蚂蚁团团转,却毫无办法。难道这么多人就没有一个愿意帮我的吗?我几乎已经绝望了,正要下车……

"别走,小朋友!我替你交钱吧!"什么!有人要帮我交钱,居然有人要帮我交钱!这是幻觉吧?我顺着声音看去,原来是一个工人模样的中年男人,刚才他一直在我旁边,只是我急于找钱,没注意罢了。只见他从口袋里拿出硬币,投进了投币口,还冲我微笑了一下。这下子司机才关上门,开动了车。我松了一口气,立即向他表示了感谢。"叔叔,谢谢您了。""呵呵,这没什么关系的。我看你长得清秀,是个好学生,不是不讲诚信的人。如果这样的小忙都不帮,人情不就太冷漠了!举手之劳罢了!"旁边的人听了这话,似乎都若有所思,想着些什么。

要在平时,这样的一个普通男人谁都不会在意,但我却记住了他,因为他在我困难时帮助了我。要是社会上有更多这样的热心人,这个世界一定会更加美好!我想对他,对所有乐于助人的好人,说一声"有您真好"。

(吴麟震)

护花老人

　　大千世界，万事万物，爱是最美好的交流方式：朋友有困难时伸出援手的友爱，同学之间互相帮助的关爱，对理想不懈追求的热爱。有时，爱一件世上微不足道的事物，即是至纯至真的爱，亦能感动人心。

　　下雨时节，雨淅淅沥沥地下着，空气中似蒙了一层水雾，似真似幻。一场考试的失误彻底破碎了我的好心情，我撑着伞，在雨中缓缓走着，准备去书店买书，但似乎怎么也走不到。

　　突然，我看见了一位在路边低着头扫地的环卫爷爷。他戴着破旧的草帽，穿着环卫的橙色制服和一双单薄的灰色帆布鞋，拿着一把用了多年的扫把，正低头扫着落叶。我看不见他的面貌，但猜得出他一定是一位面相祥和、带着微笑、善良温柔的老爷爷。看着他，我停下了脚步。

　　雨越下越大了，原本街上就只有很少的人，现在似乎只剩下了我和他。他并没有注意到我，仍低头扫着落叶。落叶在雨水拍打下黏附在地上，弥漫着成熟后的安坦和怀念，附着一丝泥土的气息和花的香味。当他扫完一堆落叶时，惊奇地发现，落叶下面有一朵黄色的小花。受落叶这"庞然大物"的挤压，再加上大雨的侵蚀，小花本就细弱的花茎更加不堪一击，似乎随时都有可能折断，被迫结束自己短暂的生命。

接下来,环卫爷爷的举动震惊了我:他犹豫了一会儿后,摘下了自己的草帽,小心翼翼地覆盖在小花上面,并尽量不让草帽压到小花的花茎。然后站起身,又继续扫起落叶来。

这一看似微不足道的小事,实则充满爱的力量,深深地触动了我的心。花,微不足道的花,是生是死几乎全靠自己,更别说渴望得到人的帮助了。但是他,一位普通的环卫爷爷,看见这奄奄一息的小花,竟弯下腰用自己的帽子为它遮雨,这是对小花最大的关爱,对生活、对世间万物最大的关爱!对于心地善良的人来说,"付出代价必须得到报酬"这种想法本身就是侮辱。他这一爱的姿态,不求回报,无怨无悔,即使淋湿了自己,他也会露出欣慰的笑容。看着那顶草帽,我的心情好多了。

雨停了,他扫完落叶,拿回草帽。这时的花儿早已挺直了身板,充满了朝气与活力,嫩黄的花朵向他开放着,仿佛是在向他道谢。花是希望的象征,是爱的象征!他背对着我,走了,但我似乎看见了他那欣慰的、令人动容的笑。爱的姿态看似微不足道,实则充满力量!

护花老人那种细心呵护花儿的精神永远值得我学习和尊重。

（吴麟霄）

就这样被他征服

"虽然我从没战胜过你，但我也从未被你打败过！"他的这句话令我印象深刻。

初次在电视节目上看到他，我便被他牢牢吸引住了：身材瘦小，手握轮椅两旁的把手，却显得毅然、坚定；双腿又短又细，戴着眼镜和鸭舌帽，眼神中却透出顽强与乐观。坐在轮椅上，他微笑着面对评委和观众，似乎天生就不会向命运屈服。参加《我是演说家》，他就是为了证明自己身为残疾人的坚强意志。"大家好。大家都看到我是一个残疾人。是的，我患有脆骨症，稍微运动过度了就会脱臼、骨折，至今我已骨折过上百次了……"刚听到这些，我便被他吸引住了，他神情轻松，向大家娓娓道来。

"但天生脆弱就应该屈服吗？我想说，不是的！为了使自己变得强健，我决定开始每天做俯卧撑。但第一次我弯下手臂，脆弱的我便又骨折了。我能放弃吗？不能！我依然坚持练习，现在已能单手做俯卧撑了！"现场掌声雷动，评委眼中也渐渐流下了泪水。我也发现这个大哥哥——与众不同！

"我身体健康，现在已很久没有再骨折了！我想对病魔自信地说，虽然我从未战胜过你,但我也从未被你打败过!"这下眼眶早已泛红的评委全都流下了感动的泪水。

"今天,我坐在这里,不仅是为了证明自己,更是为了呼吁残疾人同胞们:面对有些悲惨的命运,不能低头,绝对不能!要相信自己的勇气与能力,尽全力去克服它,挑战它。懦弱的人必然失败,勇敢的人定能成功!谢谢大家!"结束音乐响起,评委、观众全都站起来,面带敬意地为这位精神巨人鼓掌。我也像是着了魔似的,不住地鼓掌,久久无法停下……

一场简单的演讲,却能震撼人心。仅仅一双坚毅的眼睛,就能感染人心;一个短小身材之人,却能使人心生敬畏,看着他宛如巨人!他叫李帅,就这样被他征服。相信他那乐观的微笑、坚毅的精神、振奋人心的演讲,会令许多人终生难忘!

（吴麟霄）

老人与琴声

城市的黄昏,落日的余晖洒在每个人的脸上,剪碎的光影漫无目的地散落一地,熟溪边的街道上走着的是陌生的行人,你望着我,我望着你,缄默无言。

刚刚月考失利的我,走出校园,混入嬉笑打闹的人流中去,独自一人,就这么走着。深秋的落叶纷纷摇曳,弥漫着成熟的安坦与怀念;黄昏的微光斑斑驳驳地洒落肩头,飘荡着久远的气息与感怀。而我,望着眼前美景,却调动不出自己的 happiness(快乐)。为什么我努力地复习,复习,再复习,考时检查,检查,再检查,也换不回一个好成绩呢?难道它需要我"千呼万唤"才出来吗?成长与成功必然要付出代价,然而——我已付出了!怀着深深的自责与不服,我不知不觉走到一条小巷前。

小巷幽深黑暗而无灯,只有清冷的月光开路。本想退却,但一曲悠扬绵长的琴声突然从巷中传出,震动了头上红叶、脚边小溪,也震动了我的心,循着琴声,我缓步走入巷中。

终于,我看见一把古木椅上坐着一位正在拉二胡的老人。一件破旧的绸子衣服,一条灰白的裤子,一双看不出颜色的布鞋,穿得平淡朴素;脚旁一口破瓷碗,在月光下若隐若现。莫非他只是一个街头小艺人,无特别之处？

　　身旁走过几位打着手电筒，准备去跳广场舞的大妈。她们轻轻拍拍我的肩膀，低声耳语道：他是个骗子！

　　然而，他仿佛对此毫不在意，继续着自己的独奏。他戴着一副墨镜，一动不动地坐在椅子上，左手的手指尖在琴弦上跳舞，右手则有力地拉动着琴弓，看似摇头晃脑，但非常专注。悠扬的琴声震动鼓膜，传入大脑，沁入心田，温暖动听。我也忘却了追究他是不是"骗子"了，只知认真聆听。

　　一曲拉完，他略显得意地摘下墨镜，看见陌生的我，便问我来这儿干什么。我于是问他为何在这儿拉二胡。

　　说起这个，他立马来了兴致，小心翼翼地放下他心爱的二胡，温和慈祥地讲述道："这个呀，不为了什么，这是我的爱好，也是我自娱自乐、放松身心的方式，同时也为了让整个小巷变得美丽宁静，我毕竟也是小巷里的人嘛！虽然邻居、行人都瞧不起我，甚至打发我回家，但我丝毫不为所动。做好事，是快乐自己，温暖世界，但也必然要付出代价的，不足为奇，时间长了，也就习惯了。"说完，他开心地朝我笑笑，那种笑容我至今难忘！

　　是啊，面对自己要做的事，要完成它，必然要付出代价。我一次的考试失意与老人天天遭人冷眼又何尝可以相比呢！乐观面对一切，因为我还有时间去付出代价来弥补。尽管挫折悲伤的 pH < 7，但中和它的不是碱，而是我自己。只要做自己想做的事乃心之所向，何惧困难，何惧付出代价！花亦芬芳，雨亦纷纷，信念在身，人事亦真！我开怀一笑，拜谢老人，往家的方向奔去……

　　是的，成长与成功必然付出代价，只是我的努力不够罢了。我愿用我的努力，采撷足够多的霞光，来造就一个光辉四射的清晨！

（吴麟霄）

感悟编

战胜自己

在我的内心深处,有这样一句话:战胜自己才是最大的赢家。

尽管读小学时长跑不是我的强项,但班主任还是要求我参赛。她说:"比赛不只是为了名次和分数,更重要的是挑战自我,超越自己。这才是开运动会的真实目的。"

就这样,现在的我站到了跑道上。望着眼前漫长的跑道,我的心焦虑极了。这时,班主任突然过来,让我喝了一口水,拍拍我肩膀,说:"加油! 一定要战胜自己!""好!"我自信地点了点头。

"预备——"我立刻摆好姿势,准备在开始就抢到内道。"啪!"一声枪响,我毫不犹豫,大腿迈开,立刻飞奔了出去。为了抢得内道,我赶紧加速往前跑,不然被对手挤出去的话就要跑得很吃力了。依靠内道的优势,我在第一圈取得了第二的领先成绩。

不过这只是一个开始,随着路程的增加,我的体力好似一支蜡烛,燃烧着,燃烧着,慢慢地变少。我的速度越来越慢,呼吸都感到不顺畅了。很快,一些对手就趁机超越了我。我也不服输,拼尽了全力往前加速。难熬的第二圈终于过去,可最后这一圈半,才是最难受的。许多参赛的同学也都体力不支,把速度慢慢放缓了。我筋疲力尽,连抬起脚都像是在拉着一块很重的巨石一样困难。我的喉咙像是被刀叉了一样，又干又疼，难受极了，就连我的手臂都摆累了。这时，我的心中响起了这句话：战胜自己才是最大的赢家！是啊，就算我不能战胜别人，也要让自己坚持，战胜自己！我的心中重新充满了自信。拼了！

我使出最后的力气，疯狂地迈开大腿，挥起手臂，有节奏地呼吸着，眼睛望着前方的终点——那就像是只有一步之遥！加油！战胜自己！我逐渐加速，进入最后五十米！我低下头，身体前倾，以最快的速度冲过了终点！我累得几乎站都站不起来了，但我很开心，因为我战胜了自己，我赢了！

人生中有许多事情都需要有战胜自己的信心和决心，只有这样，我们才能成为赢家。就是在平时的学习上，也是一样的道理。当碰到作业中的一些难题时，只要能下定决心，耐心地思考，反复地推敲，总会解开的。在电脑网络盛行的世界里，科技的发达虽然能给人们带来诸多的方便与快捷，但作为学生的我，必须老老实实地放弃电脑，绝不能图省力依赖电脑，到电脑上寻找答案，并要养成挑战自己、战胜自己的好习惯。

战胜自己才是最大的赢家！这句话将永远留在我的内心深处，激励我勇往直前！

（吴麟震）

（原载 2017 年 12 月 22 日《今日武义》第 7 版"中国温泉城·人文武义"）

我与自己较劲

人生永远要与自己较劲。不管是学习、上体育课,还是军训、生活,只有与自己较劲才会获得胜利,这也许就是"宝剑锋从磨砺出"的道理吧。

超越对手不足为奇,最重要的是超越自己。每个人都有与自己较劲的时候,但有人会坚持下来,打破瓶颈,有人会无功而返,难以成功。人生的意义就是如此。

每次跑步,不甘落后的天性使我一开始就尽力跑在前头。充分调整呼吸,匀速向前跑,我渴望不被超越。但是耐力不足的问题使我很快被迫减慢了速度。身边的同学一个一个将我超越,跑到我的前头。我喘着粗气,迈着沉重的脚步,急切地希望再超回去,但我发现实力将我拒之门外,超过他们是不可能了。那么剩下的便是我必须与自己较劲。竭尽全力地加快脚步,即使上气不接下气,也咬紧牙关,用尽全力将全身"推"向前,迈开脚步冲向终点。进步了,便是成功。

每次考试,实力远超于同学的我往往从一开始就奠定了胜局。刚发下试卷,我便以极快的速度做起选择题,疯狂的头脑风暴使我根本停不下来。我轻松解决填空题时,四周的同学还在绞尽脑汁地思考选择题,一脸"江郎才尽"的疲惫姿态。虽然实力上占优势,但粗心这一大"恶魔"三番五次地击碎我的"丰功伟业"。因此,我要做的便是仔细检查,将不应该出现的错误减到最少。只要不犯不该犯的错误,我便在一次又一次与自己的较劲中取得了胜利,好成绩不过是附属品。

军训,人人心中的"地狱",严厉的教官,"狠毒"的烈日,滚烫的塑胶跑道……我们,整整齐齐地站在那儿,站得笔挺。汗水浸透了衣服,滴落在跑道上,浑身黏糊糊的,又酷热难当。但军训注定是与自己较劲的历程。脚站得发抖了,站直了,挺住!全身热辣,汗流浃背,忍住!有小昆虫在旁边飞舞,忍耐!结束的那一刻,躺在地上的放松感,使我意识到我又战胜了自己。

人类活着就不应该过与旁人、与过去的人相同的生活,否则就失去了意义。我们应做好自己,与自己较劲,挑战自己,超越自己,用泪水与汗水铺就通往成功的路!它注定是一条我们自己独一无二的成功之路!因此,我将与自己较劲,永不服输!

（吴麟霄）

不要轻易说"不"

不要轻易说"不",因为它代表着你的焦躁,你的怯懦,你的软弱。

一次跑步比赛——四百米。

站在起跑线前,我已无退路,无论结果是扬鞭策马、登高望远还是黯然神伤、一败涂地。发令枪声响起,我,迈开双腿,向前跑去。时间在流逝,而我在追赶时间,永远……

风,呼啸着向我席卷而来,灌进我的袖口,灌进我怦怦直跳的心,我,逆风而奔。身旁是狂风如刀毫不留情地刮过,又冷又痛。体温在上升,能量在消耗,肌肉在发抖,脑细胞在向我发出警告——不能这么拼,不能!

跑道边,观战同学的呐喊助威声早已被屏蔽,此刻,我心如止水,跑着,奔着,同时也在想着。时间无情我有情,为了这么个四百米比赛,透支体力,竭尽全力,值得吗?我感受到大脑里一种无形压力铺天盖地而来,脚步越发沉重乏力,双手麻木僵硬,难以前后摆动,甚至连颈部也发胀发酸,这是最后通告——我颈椎不好。

难道就该这么放弃,对竭尽全力说"不"吗?不行,我不会放弃,只因——我能!成败任东西,此恨无穷,为了豪情谁与同?一蓑烟雨任平生，踏雪飞鸿。拼尽全力，问心无愧，证明自己，我就是第一！打破我的焦躁、怯懦与软弱，轻装上阵，抛却顾虑。拼了！我吼向自己，在心里。

　　无视全身的反抗，用心灵主宰自己，我全力加速，迈开双腿，奋力摆臂，无规律的呼吸与心跳无法阻挡我。一米，两米，三米，追上了对手，追上了时间，我，第一个冲过终点！全身发痛，大脑犯晕，我再也无法控制自己，趴倒在跑道终点，带着微笑……

　　所以，没有不能，只有不敢。今天放弃，意味着明天你连放弃的机会都没有——你只能坚持。人之于世，穷且益坚，不坠青云之志，然竭力行事，必可大鹏展翅！因此，不要轻易说"不"，而要对自己大喊——是的，我能行！

（吴麟霄）

独自成长

在公园里散步，看到别的孩子自由自在地滑着滑板，我羡慕极了。于是，我买来了滑板。

"妈妈，我要学滑滑板了，你要扶着我！"我大声地叫着。"好的！"我刚站上滑板，就立刻失去了平衡，身体前后摆动。妈妈马上扶住我，我这才没有摔倒。

我可不是一个会轻易放弃的人，我立刻又站上了滑板。在妈妈的扶持下，我终于可以站稳了。我迫不及待地开始尝试滑动。不过，这都是妈妈扶着我才成功的。每当我自己玩滑板时，总是滑不出几米就摔了下来，我害怕，只能让妈妈扶着，但老这样我总也学不好。

终于，我做了一个重要的决定：自己一个人学滑板！我把滑板拿到门口摆正，长呼一口气，心想：加油，勇敢往前一步，离成功就不远了！我鼓起勇气，踏上了滑板。也许是我太紧张了，我才站上去就摔了下来。我马上又站上去，又摔了下来。我开始分析原因：我站到滑板上时太迟疑了，只要立刻开始滑，也许就能利用滑板的摆动来保持平衡了！对呀！想出了方法，我立刻尝试。

我先把左脚踏上滑板，把滑板支撑起来，然后立刻把右脚提上去，双脚带动滑板前后摆动,但是我经验不多,滑板摆动不规律,方向一下子就偏离了,我又差点摔了下来,只能停下重来。我心想:有妈妈扶着的时候我试了那么多次,现在可不能半途而废!于是,我又开始了新一次的尝试……

有个词说得好:熟能生巧。虽然我无数次尝试,无数次摔倒,但一次次的练习也让我掌握了滑滑板的技巧,终于学会了滑板。在空闲的时候,你总能发现,在公园里滑滑板的孩子中,有我的身影。

我们总觉得在别人的帮助下,能更好地学习与成长,但这一次,我明白了,当我独自一人,不断尝试,努力刻苦,也许能做得更好。

通过这一次滑滑板,我独立成长了!

（吴麟震）

自己来

　　从哪里摔倒,就从哪里爬起来。

　　小时候,爸爸给我和哥哥买了自行车,我和哥哥非常高兴,刚吃完中饭就顶着烈日出去学骑自行车。

　　没有他人的帮助,我跌跌撞撞地坐上自行车的坐垫,双脚蹬着地,慢慢往前行进。初步尝试后,我左脚用力蹬踏板,自行车动了起来,又将右脚也放在踏板上,双手扶着车把,因为紧张,我不小心双手往左一扭,自行车失去了平衡,向左边倒了下去。我被压在自行车下,心想:难道自学骑自行车就这么难吗?非得有人帮助才可以吗?我想不是的。看看旁边的哥哥,他也已进行了第一次尝试,并且同样以失败告终了。

　　太阳炙烤着大地,两旁的树也耷拉着叶子,显得垂头丧气,毫无生气;地面上,两个人和两辆自行车的影子缓缓立起来,汗水从额头开始不断地往下流,让我们连眼睛都睁不开了。上座,扶车把,蹬踏板,控制平衡,不停踩板加速,转弯……

　　看似简单的过程中,我和哥哥却跌倒数十次,身体各处都有擦伤。但,成功地骑上自行车,在小区中自由地行进时,凉爽的风迎面而来,吹在身上,扬起头发,吹动湿透了的衣服,也使鞋带左右摆动,心中是多么高兴与畅快啊！自己种的水果吃起来最甜，自己学会骑自行车，不也是一件最令人兴奋快乐的事吗？

　　相信许多人初学自行车都是在大人帮助下进行的，但是当你成功后，你将无法体会到最高兴的高兴、最爽快的爽快。成长路上，长辈的扶持提醒虽然重要，但是也要放手让我们独自学会走路。就像学习，最终你要靠自学才能继续深造，继续完善自己。希望在许多事情上，我们都能对大人们说一句："我自己来！"

（吴麟霄）

最后的周末

　　这是我们在一起玩的最后一个周末，也是分别的周末。

　　毕业考结束了，有一天的假。这天，我们最要好的几个朋友约在一起打球，算是最后的告别。

　　早上，我来到茶城附近的体育场馆，看到王某某和其他几个同学已在里面打球，就打了声招呼马上跑进了篮球场。人很快就都到齐了，我们默默地分好组，什么话也没说就打了起来。

　　原本打得好好的，谁知我投篮不小心把球扔出场外去捡了回来时，却看到张某某和魏某某拉拉扯扯扭作一团打起了架来。张某某是我们班里出了名的"大力士"，发起怒来不是好惹的；魏某某则是出了名的调皮捣蛋，生起气来也是死缠蛮打、纠缠不清的。

　　他们的战况很激烈，起先，我们剩下几个只能无措地站在一旁看他们互相追着对方，手中准备砸出去的篮球永远是朝着对方的头……站在一旁无可奈何的我们实在忍不住了，冲上去使劲抱住他们，渐渐平息了战斗，可气氛却降到了冰点……

　　看到他们两人坐在不同的位置上一言不发，我提议把篮球当足球踢，把三秒区定为球门，来一次特别的"足球赛"。同学们纷纷答应了。

我当守门员,我哥哥、邓某某为进攻球员,对方也布置好了战术,就放下本应用手拍的篮球,踢起了"足球"。

我用手把球一抛,给了离对方球门最近的邓某某。他笨拙地踢着球,因力度过大,被"凶狠"围上来的对方队员扑个正着拿到了球。他们配合默契,等我方两名队员逼近时,毫不犹豫地一脚把球踢给了正在另一边的队员,没等我们及时回防,他们就已带球逼近我把守的球门了。情急之下,我主动出了球门,用我手的特权假装去拿球,对方队员因没有这项权力,紧急之下只能射门,却因离我太近被我用手一扣就把球揽入了怀中……

见我们玩得嗨,魏某某、张某某两人也加入队伍,重新对战了起来!……

渐渐地,大家都玩累了,各自家长也都来了,依依不舍的我们只能告别了。我拿着自己的球往家走,看见王某某坐车和魏某某向反方向远去,张某某乘公交车从我面前经过。最后,只剩我和哥哥,慢慢地走在回家的路上,吹着透凉的风,脚下踩着黏稠的泥土……

要来的总要来,要走的谁都拦不住。小学六年,就这样结束了。是旧的终结,是新的开始,是各自远走高飞,也是面对初中新生活那份神秘的期待……这最后的一个周末给了我终生的启示:只有用努力去征服自己,成功后再来回望过去,才是真正有价值的。因为那时,我们才知道离别——才是真正的开始!

(吴麟霄)

我有一个梦

我有一个梦,我梦想成为一名老师。

为什么呢?原因有三:

第一,从幼儿园到小学,再到现在的初中、高中,我们几乎每天都能见到老师。每天,上课铃一响,老师拿着备课笔记和课本,走进教室,走上讲台。每一个学生都用无比期待的目光看着老师,老师从粉笔盒中挑出一支白粉笔,一边说一边在黑板上写着。说到重点,同学们便在笔记本上记下来。在这一天天的重复中,并不缺乏快乐。下课时,同学们过来与老师有说有笑,谈论生活中的一些趣事;好学的同学拿着题目来问老师,老师此时会站在学生身边,用最温和的话做出讲解,说完就会看见学生灿烂的笑容;空闲时间,在操场上走走,跑跑步,在办公室里和同事们讨论教学方法,或是说说笑笑……平凡中隐藏着无数的快乐。故,教书是一件快乐的事。

第二,教室中很是喧闹,老师进门一看,在一群学生的围绕中,两个学生正扭打在一起,你一拳,我一脚,面红耳赤,随时可能发生大事。此时,老师要迅速想出对策,上前拉开二人,用不是特别严厉又不是太温和的语气劝说、教育他们。如教育方法不对,也许他们还会屡教不改;如说得他们自己认错,从此改过,对他们来说无疑是一件好事。两者差别很大,而这一切都要靠老师的把握。故,教书是一件锻炼能力、考验自我办事能力和水平的事。

第三,教书过程中,老师会发现一些学习努力、品学兼优的学生。这些人不仅使老师感动,得到老师的赏识,老师自己也能从中自我反省,取长补短,学习他们的优秀品质。空闲时间,多读一些有益的书,不仅能更好地教学生,同时书也是老师的老师,老师能通过它们更加完善自己。故,教书还是一件能提高自我修养、素质的事。

有了梦想,并不代表它一定能实现。就像你身处在一个大沙漠中,就算再努力寻找也不一定找得到一口水井。但如果不去努力追寻,你将永远什么也得不到。光说不做,不如不说。

我希望通过自己的努力,去完成这一个梦。

(吴麟霄)

童年乐事

"吴麟霄、吴麟震！快回家吃饭！"妈妈对着整个小区大声呐喊道。

我和哥哥玩得正疯，骑着自行车在小区曲曲折折的小路上互相追逐。转弯时，我本来快要追到他了，不想竟撞到拐角神出鬼没的石头路障上。因为骑得太快，自行车直接转了个并不圆的圈横着飞了出去，我也径直飞向了右边的水泥地面。结果可想而知。我看着自己两只手上鲜红的血，推着自行车，踉踉跄跄地走回家。路上我们还是说说笑笑呢……

回到家中，我不担心，妈妈可是担心得要命，急急忙忙喊来奶奶，让她去拿特地准备起来的药，又让我坐下，什么"还有哪儿破了""怎么摔破的""怎么这么不小心"问个不停。奶奶来了，妈妈接过药，小心翼翼地涂抹到在她看来就像是自己的伤口似的我的伤口上，小心翼翼地拉回我沾了些血的袖口，小心翼翼地脱下我摔破的球鞋，为我换上新鞋……我和哥哥还是有说有笑的，就像是没看见奶奶和妈妈……

吃完饭，我和哥哥不等妈妈反应过来，推着自行车就重返战场。妈妈正拿着抹布认真地擦拭着餐桌上的每一个角落，听见自行车的齿轮转动声，下意识地大喊一声："刚吃完饭，先别运动！"我们早已骑上自行车,大叫一声"再见",扬长而去。

我们来到小区的公共秋千处荡秋千。我们荡的不是秋千,而是一颗跳得很快、热血沸腾的心。我站在秋千上,随着秋千的摇摆有力地摇动着身体(这样能使秋千荡得特别高,甚至与地面平行)。我握紧了扶手,生怕被秋千荡飞出去。傍晚时分,风正凉爽,吹在我们的脸上,觉得特别舒服,就像妈妈的抚摸。我们尽情享受着大自然给予的礼物与抚摸,在荡得高高的秋千上笑得停不下来……

玩累了,夜已深,我们两人骑着自行车,在路灯的照明下,有说有笑地回家。望着家的方向,我似乎已看见了在门口焦急等待的妈妈……

这就是简单的幸福,这就是令人温馨快乐的——童年!

(吴麟霄)

艰辛的军训

　　军训可以说是一个听见就让人毛骨悚然的词语。一听到这个词,脑海中便会浮现出恐怖凶狠的教官、烈日炎炎的天气,还有正在受罚的同学们。可以说人人都惧怕军训,甚至会找各种借口来逃避军训。虽然我身体不是很好,但我觉得军训没有到整死人的那种地步,反而起了好奇心,觉得应该去一探究竟,看看军训是不是真到了"人间地狱"的程度。

　　军训并不像我想的那样轻松。第一天军训刚刚开始,教官就让我们站军姿、站分列式分别站了十五分钟和三十分钟,蹲姿蹲了差不多半个小时。我们在这热汗直流,一动不动,教官们则在一旁喝着饮料。休息时,同学们全都趴下了。

　　第二天早上,教官们把我们整得服服帖帖的,简直就是"劳其筋骨,饿其体肤"啊!

　　第三天,也就是军训的最后一天,激动人心的会操总算快要开始了。"上次实验中学丢了我们的脸,我们才得了个第二名。这次,你们都努力点,利索点,会操也就那么几分钟,坚持一下就好了!在队伍中千万不能动,否则被校领导看见,后果你们自己想象……"教官郑重其事地说出了会操前的最后一次嘱托。

"齐步——走!"伴随着教官洪亮清澈的命令声,我们迈着整齐划一又掷地有声的脚步,昂首挺胸地步入主席台前方。三天的辛苦训练就是为了这一刻,如果会操失败了,那么前面的努力也都付诸东流了!千万不能给教官丢脸!我心里想着。

　　"服从命令!听从指挥!团结互助,扬我班威!!"我们踏着整齐的步伐,喊出震天动地的口号。"一、二、三、四!一、二、三、四!"

　　"会操第一项内容:稍息、跨立与立正的互换!稍息!立正!稍息!立正!左右间隔二十厘米,向右看齐!向前看!跨立!立正!跨立!立正!取消间隔,向右看齐!"我们根据教官的命令,做着一个个动作。看着大家流下的汗水,我便信心倍增。

　　最后,我们顺利完成了任务,喊完最后的"一、二、三、四",走出了主席台的范围。看着主席台上校长灿烂的笑容,我就知道我们的努力一定会有好的结果,一定会有一个好的成绩!果不其然,我们班获得了一等奖!

　　军训是艰辛的,我们流下的泪水与汗水,有太阳见证。军训也是快乐的,它让我们学会隐忍,不退缩,勇敢面对考验!

（吴麟霄）

学会感恩

　　每当我读到孟郊的"谁言寸草心，报得三春晖"、西班牙谚语"一父养十子，十子养一父"等名句后就会浮想联翩，首先想到的是"感恩"两字。

　　感恩，《现代汉语词典》的解释是"对别人所给的恩惠表示感激"，也就是对他人帮助的回报。再进一步去理解"感恩"两个字，就是人生重在修心：有一颗随缘心，就会更洒脱；有一颗平常心，就会更从容；有一颗慈悲心，就会更和善；有一颗感恩心，就会更幸福；有一颗因果心，就会更明理；有一颗忍让心，就会更快乐；有一颗质朴心，就会更纯粹；有一颗自知心，就会更清醒。

　　但是，由于国学优秀文化的不断流失，当下时不时就出现蛮横替代道理、狡辩替代真理、虚伪替代诚实、野蛮替代文明的现象。这些社会现象的出现，是我们人类的耻辱，也是我们社会的耻辱。

　　我在电视和报刊上几次看到一些老人出门走在路上，一不小心被机动车撞倒在路，肇事者逃之夭夭的报道。有好心人看见了，跑过去打120求救，甚至有的驾驶员停下车，把受害者安放在自己的车上，直奔医院，可是当受害人的子女等亲戚赶到医院后反而扭住施救者不放，硬说是施救者撞的，对施救者纠缠不休，闹得施救者鸡犬不宁。更有甚者，还把施救者告上法庭。这种恩将仇报的行径真是让人寒心，怪不得有人说，现在想做好事也难做，也不敢做。难道这种情况不值得人们及社会去反思吗？

从小的方面看，现在许多大学生只要自己口袋里还有钱，就从来想不到给自己的父母、爷爷、奶奶打个电话问个安，直到身无分文了才想起给家里打电话，并且一开口就是没钱用了，给我卡里打多少过来，除此之外就没有别的话语了。逢年过节回家团圆，这本是一件快乐愉悦的事，是相互交流、侍奉长辈的好机会，但有的年轻人的手和眼一直停留在手机上，做了低头族，让家人心寒。人们养育出这样的不孝子孙又有何用呢？也许这样的子孙是家庭教育缺失的因果报应吧！

我的爷爷是一个平民出身的读书人，他一辈子都是手不释卷、笔耕不辍、知书达理的人。他经常教育我要读万卷书，行万里路，识万种人，要宽以待人、严于律己，要奉公守法、诚信立身。我确实从爷爷的教诲中学到了不少东西，更懂得了学会感恩。

学会感恩，应在一些时候说句"谢谢"！有些时候，碰到别人有困难、有难题，自己力所能及地伸出援助之手也是一种感恩。

存在一颗感恩之心，时时刻刻对自己的现状心存感激，同时也要对别人为你所做的一切怀有敬意和感激之情。所以，在我们的一生中要感恩家人、同学、老师、朋友及社会，甚至要感谢自己的对手。只有这样，我们的家庭，我们的团体，我们的社会，才能充满阳光和温暖。

（吴麟霄）

（原载 2017 年 11 月 25 日《安庆日报》副刊）

那次之后

多少次,我站在高高的领奖台上,享受着鲜花与掌声,却未见台下一隅灰暗中绽开的笑颜。

多少次,我在这大千世界左冲右撞,却不见您默默为我收拾行囊的辛劳。

多少次,我像个无知的幼儿般纵情奔跑,却不见您站在远处孤身注视我的身影。

多少次,我无情地忽略了您对我的无限关心与照顾。但那次之后,我学会了感恩。

那天,一切如常,我照常轻松愉快地上学,轻松愉快地上课下课,轻松愉快地走出学校。但是找来找去,却不见每天在校门口等我的您,只见爸爸着急地跑过来说,妈妈住了院,只能他来接了。背着书包,我大脑一片空白。

来不及吃饭便赶到医院看您。您正睡在白色病床上,一言不发,满脸安详却又苍白。两只手交叠在被子上,安静地平躺着。天色渐暗,斑驳的光影泻进窗户,映在墙上,也映着您疲惫的身躯。泪水盈眶,站在病床边,我伤心欲绝。

在这之后，我得走路去上学，一切都得由我自己准备妥当，连周末培训班也得我自己去自己回。一个人走在路上，少了曾经并肩的您，我渐渐感觉到没有您的痛苦。之前从不迟到的我屡次闯红灯，向校园狂奔；到了中午吃饭时间，我才一脸慌张地发现连餐具都没带，只好吃"手抓饭"了；上课也三心二意，时常开小差，打瞌睡，被老师批评……这一切的一切，都是因为缺少了您的陪伴。想到以前对您的冷漠，我后悔不已。

从不知道感恩的我开始为在病床上的您洗脸、洗脚，开始在放学之后到医院来为您送饭，开始在闲暇时间陪您在医院里散步聊天。时间一点点过去，您的身体一点点恢复，不知是因为我，还是因为药的效果。当您最后康复时，我那天一晚上觉都睡不好，翻来覆去，也不知是什么原因。

不知不觉中，我学会了感恩。那次之后，我成长了，亲情更近了，生活也更美好了，这都归功于感恩的力量。妈妈，谢谢您让我学会了感恩，那次之后，请您相信，有我在，您再也不会看见医院的白色病床，脸上再也不会露出失望伤心的表情，因为我，因为感恩的力量！

（吴麟霄）

幸福其实很简单

　　周末,本该是我经过五天紧张学习后放松的时候,可为了下周的一场重要考试——第二次阶段性考试,我可不能有丝毫的松懈,老师也给我们布置了好几张试卷的作业,我二话没说,一回家就投入题海之中。

　　正当我奋笔疾书之时,妈妈走了进来,把一杯温暖的牛奶放在我的桌子上。"来,喝一口吧。"

　　"烦不烦啊!"我把妈妈的手推开了。"没看到我正想题目想得焦头烂额吗?你还来烦我,能不能让我清净会儿呀?"我对妈妈大喊大叫。

　　"哦,对不起,我看你心情这么不好,旁边的公园又建了个新的花坛,现在花正盛开,你陪我一起走走看看,放松一下心情吧。"妈妈满怀期望地对我说。

　　"别疯了,我没空!"

　　妈妈听了,眼神立刻黯淡了几分,转身坐到了我的床上,叠起我的衣服来。

　　我本以为她会马上离开,却没想到她把衣服叠了又叠,似乎是在寻找这世上最完美的叠法。不过我明白,妈妈是想我陪陪她,是想和我在一起。我又想起刚才自己说的话。的确,小学的时候,我和妈妈关系是多

感悟编　069

么亲密,我几乎时时刻刻都想和她在一起。可现在到了初中,学习压力重得让我喘不过气来,妈妈的关爱在我眼里就成了无聊的唠叨,看到她,心里反而烦了。是啊!我是有好久没有陪她去公园走走了,妈妈也只不过想我陪陪她。她为我付出了这么多,我不应该连如此小的一件事也不满足她。

"妈妈,走,去公园!"我兴奋地说。

"不用了,你努力学习吧!"

"不,我一定要去!"

"好,那我们走!"妈妈脸上露出了开心的笑容,就像吃了蜂蜜一样甜。

晚上,我与妈妈走在微风之中,一起去看花。这是多么简单的一件事,可我却感到无比的幸福。

事实上幸福不是以金钱多少来界定的,也不是以财富多少来划分的,而是用自己良好的素养,用理解的心态,用包容的心来获取的。其实幸福就是这么简单的事。所谓的不幸福,不过是自卑、自傲、过分自尊,容不得别人而造成的。

但愿天下人都能享有这样简单的幸福!

（吴麟震）

快乐加减法

　　世界上最宽阔的是海洋,比海洋更宽阔的是天空,比天空更宽阔的是人的胸怀。少一分计较,多一分宽容,生活会变得更快乐。

　　海明威说过,没有人可以活成一片孤岛。因此,互相合作、互相帮助是所有人都需要的,而朋友正是你需要的伙伴。朋友之间,难免会出现矛盾,这时是计较还是宽容以待,结果会截然不同。

　　我和小明是朋友。一天,他来我家玩。他走进门,开心地对我说:"我是好不容易才来一次的,你说我们玩点什么呢?"二话不说,我拿出了前几天才得到的心爱的玩具——直升机和操纵器,开心地喊道:"走,去公园玩吧!"

　　来到公园,我打开开关,将飞机小心翼翼地放在地面上,操控着操纵器。飞机迅速转动机翼,一摇一摆地升上天空,上下升降,左右盘旋,前后自如。它在空中时不时盘旋飞舞,我操纵着它尽力做出最优美、最引人注目的飞行动作,果然引来了一大群同龄人围观。他们站在一旁,一边看,一边窃窃私语。

　　见此情形,我更加兴奋,极力炫耀自己的飞机,却全然未顾及他。

　　过了十分钟,他见我还是没有停下"表演",怒了。他冲过来一把抢下我的操控器，飞机顿时失去控制，打着转摔在地上，又转了几圈，滚出去几步，机翼已摔在几米开外。但他不管不顾，冲我大喊："你就自顾自地玩，那我干什么！""你又没同我说！"我也怒了，捡起飞机残骸便往家跑，人群一哄而散……

接下来的几天，心情左右了我的生活和学习。考试迷迷糊糊，成绩不堪入目，受到老师的严厉批评；做作业也心不在焉，一大堆错题错得令我自己都不敢相信；打球时也三心二意，竟然绊倒自己，狠狠摔在地上。"遍体都是伤"的我静下心来反省，发现：这一切不都是因为那次与他的矛盾吗？我，似乎明白了什么。

一天放学后，拿着花了好几天才修好的飞机，我走到小明身边，拍拍他的肩膀，说："飞机坏了可以再修，朋友没了可就什么都没了。我们两人如果互相计较，只会两败俱伤，各退一步，宽容以待，岂不更好？"说完，我们相视而笑，一起去了公园……

是啊，少一分计较，多一分宽容，在这一多一少、一加一减中，生活将变得更快乐，不是吗？快乐不正是在这一加一减中获得的吗？

（吴麟霄）

勇往直前

　　勇气对于每个人来说都非常重要，它让我学会了尝试一些我不敢做的事。

　　去年暑假，我与表哥一家人去欢乐谷玩，那里的水上乐园和过山车都非常出名。过山车尤其受人欢迎，不过也有许多人因为感到害怕，没有勇气尝试而退缩了。

　　很快，我们便到达了目的地，不是特别有勇气的我先去水上乐园玩了一番。那儿有人造海滩，一层层的"海浪"涌过来，真是让我舒服极了。在水上乐园玩了一个上午，下午我们来到了陆上游乐区。

　　这里有海盗船、森林火车等等好玩的游戏，我们一一玩了个遍。更值得一提的是我还去鬼屋玩了一回。那些"鬼"突然出现，着实吓着我了，不过这并不是我最害怕的。

　　最后，我们来到了过山车场地。上面不断传来一阵阵尖叫声，车子一会儿上升，一会儿又急速下降，看得我心惊胆战。出乎我意料的是，大家都下定决心要玩过山车，如果我不参加的话，所有人中就只有我不参加了。那我还是参加吧！不，万一出危险呢？这真的是太恐怖了！这车一上一下，一下快一下慢的，我可真的有些怕呀！可不上又太丢脸了……

　　这趟过山车马上就要结束，留给我做心理斗争的时间不多了。这时，表哥见我六神无主、眼神飘忽的样子，过来安慰我。

　　"没关系的，这车虽然看着有些吓人，但是非常安全，结构也是十分坚固的。我知道你就是害怕坐过山车，但如果不敢勇敢地跨出一步去试一试，又怎么知道结果呢？"表哥拍了拍我的右肩，心平气和地说道。

　　这时，过山车进站了，我鼓起勇气，对，我要参加！

　　我随家人们一同坐上了过山车。很快，车启动了。起初，只是缓缓地沿斜坡往上升，但到了顶部，车又立刻往下开去，速度快极了，我忍不住叫了起来。尽管这很吓人，但我还是感受到了一种身心愉悦、彻底解放的畅快感。真是太爽了！下了车，我开心地说："勇敢尝试给了我成功与快乐！"

　　从恐惧中走出来，这次坐过山车，给了我许多的启迪。我本是一个内向保守的人，做什么事情都会思前想后，所以我在学校里一直低调，不想张扬。这固然是件好事。但是我总有一天要走向社会的，许多事情就需要勇往直前，然后方能成功，所以该勇往直前时就得勇往直前。

　　是啊，勇气让人敢于踏出第一步，去努力，去拼搏。相信自己吧！勇往直前，快乐和成功属于你！

（吴麟震）

为自己伴奏

　　暑假里,我参加了一个夏令营活动,体味了一番不一样的滋味。

　　尽管很不情愿,我还是去参加了夏令营活动,那是因为爸妈他们骗我说我们班的许多同学都参加了,我才同意的。结果我满怀期待地到了那儿之后才发现,居然全是陌生的面孔,我一个人也不认识!可钱都交了,后悔也来不及了。

　　第一天,教官就带我们去攀岩!站在高耸的小山前,我不禁在这炎热的夏天打了个寒战——好高啊!我害怕极了,于是,我躲到了队伍的最后。

　　第一个人上去了!只见他手脚并用,不停地往上爬,就像蜘蛛侠似的。我不禁赞叹,哇!这些同学都这么厉害吗!想着想着,他已经到了顶端。看他怎么下来!只见他往下看了几眼后,慢慢把脚放到下面的小石块上,然后再踩到另一块上……不一会儿,他便顺利完成了!

　　之后同学们一个个都上去了。看到他们都轻松地完成了任务,我却还是十分害怕。他们都有同伴在下面加油,可我谁都不认识,有谁给我加油呀?

　　不知不觉,竟然轮到我了!无奈,只能硬着头皮上了!我踩上小石块,开始攀爬。一开始,还比较顺利,可一到了中间,我往下一看,哇!太高了!我的腿都在颤抖,心则咚咚地跳个不停。

难道我就这么没用吗?他们都完成了。无人加油,我就为自己伴奏。于是我嘴里念道:"加油,加油!"然后不停向上奋力地攀爬。爬到顶时,我已汗流浃背了。我都到顶了,马上就能成功了!加油!我开始不紧不慢往回爬。一步,两步,三步……我终于下来了!这时,同学们不知为何都为我鼓起掌来,我开心地笑了。

从这次夏令营活动中,我得到了许多启发。人在困难面前,首先自己要树立信心,要有勇气,然后才能去克服困难,勇往直前,取得胜利。

不必等别人喝彩,为自己伴奏,我也完全可以走向成功。

（吴麟震）

为他人开花

春游时间还没到,我们就迫不及待地开始讨论分组了!

"小张,我和你一组吧!""小钟,我和你一组吧!"……几乎每个人都在邀请自己的好友,想在春游中成为一组,互相分享食物。我则受到了好几个朋友的邀请,可他们在不同的组,我一时也难以抉择。于是就拖了好几天。

"今天已经是春游前的最后一天了!我知道同学们都很激动,都急得好像要跳起来了。不过你们分好组了吗?每组五个人,到时候野炊要互相协作,还有人没有配好组吗?"郑老师满怀笑意地说道。

我还没来得及举手,坐在最后的小朱举起了手。

"你还没分好组吗,小朱?你为什么不去加入别人的小组呢?"老师不解地问道。

小朱站在那里,满脸通红,双手紧紧握在一起,好像受了什么委屈似的,难受极了。

"这有什么好害羞的呀!没分好的话老师帮你一下不就是了!"

小朱听到这话,突然抬起头来,眼睛里放光一样。

"有人愿意和小朱同学一组吗?"

教室里一片寂静,好久都没有一个人举手应答。看到这场景,小朱同学的眼神又黯淡了下去,头也低了下去,看上去伤心极了。

小朱是我们班成绩最差的同学,似乎受此影响,他有点自卑,平时沉默寡言,也没有什么朋友,难怪没有人想和他一组。老师似乎也从未遇到过这种事,一时也不知说些什么好了。

这时,我再看看小朱,他的眼里满是泪花,好像马上就要哭了。我看他这样,心里也很过意不去……对了!我不是也还没分好组吗?我和他一组吧!"老师,我和他一组!"我大声说道。

同学们都看向了我,小朱也看着我,眼中满是感激。

"老师,我也和小朱一组!""老师,我也想……"同学们纷纷回应。

"谢谢,谢谢大家!呵呵呵。"小朱难得地笑了起来。我也开心极了,为他的开心而高兴。

为他人开花,就是为自己开花!

（吴麟震）

寻 找

　　振奋人心的最后一课终于伴随着上课铃声到来了,我们抱起篮球,有说有笑地来到操场。

　　八年级篮球赛我们期待已久,这不仅因为我们喜欢打篮球,更重要的是,我们班有一位篮球大神——邱子腾。所以,我们就是来炫耀的!

　　不需要动员,不需要呐喊,前两场我们已取得了 38 比 11 和 28 比 3 的完胜。现在,我们站在球场上,带着"虚心求教"的态度,摆开了阵势。

　　裁判将球抛向空中,弹跳力极佳的邱子腾轻松拍到了球。我接到球,还没等对方回防,便冲向篮筐,不费吹灰之力投进了。投进开场球,我自然是十分激动,看着同学们和队友的笑脸,我快速退防。可是,没有人防我。不知是这几天运气太差,像个赌博输得精光的倒霉蛋,又或是太不小心,竟然自残似的,我就自己直接一个趔趄,狠狠摔在了地上。无奈,我只能被换下,在张昕的陪伴下去医务室处理伤口。

　　没有了观众令人热血沸腾的加油声、呐喊声,队友的鼓励声、呼喊声,身旁的读书声我就像没有听见,周围是令人可怕的安静。张昕扶着我,我看着左边那许久不曾注意的大树,十分出神。

这棵树可以说每位同学每天来上学都会看到,它张开它那巨大的臂膀,在寒风中不断摇晃着一根根弯曲的树枝。但是,又有谁会注意到它呢?它就像我一样。

走进医务室,涂抹了药水,贴了创可贴,道了声"谢谢",我和张昕又缓缓走回了操场。

刚站在"这片久违的土地"上,咱们班的明星——邱子腾又成功用他那熟练的技术连过五人,完成了一条龙上篮。我的耳畔再次响起了那"振奋人心"的呐喊声。

但是,我现在可没什么心情去注意这篮球场上的风云变幻了,因为我在寻找——寻找同学们的目光,寻找是否有人正看着我,用他那关心的目光。但是,没有。我有点儿失望,心情仿佛跌至谷底,慢慢盘着腿坐下,望着球场后的一排铁丝网,望得出神……

是啊,我清楚同学们这会都只在乎些什么,之前我也是这样。篮球场上的动静自然超过了我这微不足道的受伤离场,以至于所有同学都聚精会神地看着球场上的动静,连一眼也没有看我,看不见我失望的目光。他们只是看着我在球场上摔倒,紧接着离开了球场,然后别无其他。

但是,就像同学们丝毫不关心受伤的我一样,别看同学们这会都看着球场上的同学不断轻松地进球,等到了比赛结束,有人会过问一下他们是否需要水,关心一下他们身心是否疲惫吗?所有人都只在乎比赛的结果,只在乎胜负之分,只在乎强者与弱者,却对过程、对其中的乐趣、对他人一概不管。我们坐在草坪上疲惫地喘着气,接受同学们和班主任的掌声,又有什么用呢?

事实上,当一个人受伤或受挫折后,他会很需要他人的关心和帮助。要像张昕同学那样关心帮助人,这也是赠人玫瑰、手有余香。通过这次比赛,我感受到人与人之间不能只重结果,也要重过程。更要学会相互关心和帮助。当然我也感觉到,当你面对困难或受伤时,很少有人会来管你、关心你,而我们需要的便是自己关心自己,让自己静下心来解决问题。

比赛结束了，我不再寻找同学们的目光，头也不回地走回教室，因为我找到了一个证明自己、相信自己的方式——努力学习。

（吴麟霄）

观看大阅兵

　　今天是中国人民抗日战争胜利七十周年纪念日,也是世界反法西斯战争胜利七十周年纪念日。在这个特殊的日子里,我国即将举行一次盛大的阅兵仪式,来纪念这场伟大的胜利。

　　早上9点,直播开始了,敬爱的习主席同夫人在故宫迎接来自各国的友人、贵宾,一起欣赏阅兵的盛况。俄罗斯等几十个国家的政府首脑都来了,可见中国的强大、阅兵的重要。

　　不一会儿,习主席等人登上了天安门,许多大学生唱起了抗日歌曲。接着,习主席发表了重要的讲话。他挥舞着拳头高呼"人民必胜!",真让人振奋。

　　阅兵开始了,习主席坐车问候了军人同志们。接着,徒步方队走了过来。还有老兵们以及他们的儿女。军队还展示了许多先进武器,例如新型导弹、飞机等,体现了祖国的强大。最激动人心的还在后面,一架架的飞机组成各种队列,从天空飞过,如此多的飞机,我还是第一次看见!最终,伴随着气球的升天,阅兵结束了。

　　阅兵固然好看,但它也提醒着我们,落后就要挨打!只有增强了国防实力,才能使祖国更加快速地发展,社会才能进步。

通过观看大阅兵,我深深地体会到,少年强则国家强,我们青少年一代是国家未来的希望。所以,我们首先要全身心地投入学习中去,争取各门功课都取得优异的成绩,向重点高中冲刺!向一流大学冲刺!做到学有所成,将来为我们的国家做出贡献,大家携起手来把我们的祖国建设得更强盛。

每个人都应该记住:勿忘国耻,振兴中华!愿祖国更加繁荣昌盛,走向更光明的明天!

（吴麟震）

阅兵式观后感

今天是中国人民抗日战争和世界反法西斯战争胜利七十周年纪念日,我国首都北京举行了庄严隆重的阅兵大典。

整齐的队伍,响亮的呐喊,精良的陆海空武器装备,威慑了世界的核武,在天空中组成"70"形状的飞机方队,一齐飞向蓝天的白鸽,数百个升空的五颜六色的气球……这一切无不令我感到深深的骄傲与自豪,并震撼着我的中国心。

但是,七十年前,中华大地上,到处响起的,不是人们的幸福欢笑声,而是四处迸发的救命声,妇女儿童们撕心裂肺的哭喊声。当年日本帝国主义蓄意发动了全面侵华战争,抢占了我国的大片国土,并在我国境内烧杀掳掠、无恶不作,致使中华民族面临亡国灭种的危难险境。

为了保家卫国,争取民族的独立和解放,全中国军民不分老幼,无论南北,万众一心,众志成城,同仇敌忾,以各种形式义无反顾地投身到抗击日本侵略者的洪流之中,与来犯之敌进行了长达十四年的浴血奋战,终于把日本鬼子赶出中国,无数英雄为此壮烈牺牲。

七十年来,我国的经济实力、民众生活水平等各方面全面提升,实现了令全球震惊的经济腾飞。如今,我国 GDP 仅仅落后于美国,排在全球第二位。

但是，在今天，举国欢庆的同时，请别忘了当年为救国于危难之中，舍生取义、壮烈牺牲的革命先烈们。我们今天的幸福生活是他们用自己的鲜血换来的！今天，除了为祖国的繁荣昌盛而自豪，我还想说一句——勿忘国耻！

（吴麟霄）

温暖的记忆

　　不管是在学校，还是在家庭和社会，人都需要他人的关心和温暖，当然关心和温暖也是相互的。在我记忆中，较深的温暖就来自那次运动会。

　　运动会上，人人奋勇拼搏，使尽全力，但太阳依旧无情地炙烤着我们，让人感到口干舌燥……

　　这次比赛，我有两项要比，第一项是跳远，第二项是八百米跑。

　　今天早上进行了跳远的角逐。太阳仍旧那么火热，汗直从我的背上流下。"冲啊！"随着一声大叫，我从起点拔腿而起，开始了助跑。一定要踩到白线，一定要踩到白线！啪！我一跃而起，像起飞的小鸟一样冲向前去。"到前八，晋级！"随着裁判的判决，我进入了决赛的争夺。"吴麟震！"声音落下，我随之前冲。啪！还是习惯的动作，我跳了出去，心急如焚地等待着成绩。我心想：看这踏痕我应该是有机会赢的，但可能踩线，到底会怎样？踩线！裁判举起了红旗。哎！太可惜了！我真是有一种欲哭无泪的感觉。我失败了！

　　虽然我很遗憾，但下午还有比赛，就算可能会输也还是要比的。回到教室，我感到口干舌燥、汗流浃背，回想起上午的比赛，伤心极了。这时,身旁出现了一个熟悉的身影,是我的同桌。

"上午的比赛已经过去了,不必太过在意,既然输了,就用下一场比赛的胜利来将它抹去!水,我的给你喝!"他边说边把水杯递给了我。

我接过来喝了几口。这水是热的,让我感到温暖极了。

"虽然跑步上你并没有优势,要取得好名次很难,但战胜自己就是胜利,祝你好运!加油!"同桌笑着鼓励我。

是的,我会赢!

带着同桌的鼓励,我走上了八百米比赛的起点。

"吁!"一声哨响,人人飞跃而出,我使尽全力,快速向前迈进,向着目标进发。起初,我还能跟上对手,可二百米后,我的体能迅速下降。也许因为紧张,我根本使不上力。最后一圈,我几乎要失去希望。"加油,战胜自己!"那是同桌的声音!对,我不能失败!我疯了似的,使出了最后的力气,加快了速度!我咬着牙关,脑子里一片空白,只是向着终点的方向,跃过了最后一条线。虽然我是倒数第六,但我还是笑了。不为别的,只为战胜了自己,我赢了!

在那个炎热的夏日,我的心无比温暖,不只是因为那一杯水,更是因为同桌的鼓励与加油,给了我信心,让我战胜自己,赢得成功!

这就是属于我的记忆,一种温暖的记忆!

（吴麟震）

乌云密布与晴空万里

"若夫淫雨霏霏,连月不开;阴风怒号,浊浪排空;日星隐曜,山岳潜形……"我伤心地吟道。

"望操场,则有痛哭涕下,黯然神伤,满目萧然,感极而悲者矣!"知音也同样伤心欲绝。

上个星期,我们未能拨云见日,都没上过一节体育课,天空中,乌云密布。

看似软弱无力的绵绵细雨从天际斜斜垂下,如纵横天地的无形之墙,挡住了我们与操场之间的"坦荡大道",显威力于无形之中,果真是令我们"心服口服"。它又如神奇的魔法师,潮湿了土地,泥泞的土地上铺着一层浑浊的污水;洒遍了庄稼,所过之处,庄稼无不壮烈牺牲;就剩下我们了,它却又持续敲打着窗户,像是讥笑讽刺我们失去了体育课。

柔情的雨在我们看来好似坚枪利刃。坐在教室固定的座位上,像是被牢牢禁锢的鸟。失去了自由,要翅膀又有何用呢?我们勉强睁着快要闭上的双眼,强撑身体,望着黑板上熟悉的汉字与符号,它们却似乎都变了味,变得很陌生。看黑板,筋疲力尽;看窗外,望眼欲穿,火上浇油。

就这样,我们的玻璃心已破碎大半。我的心,在等待,永远在等待;

我的心,在等待,在等待!

"至若春和景明,波澜不惊,上下天光,一碧万顷,岸芷汀兰,郁郁青青……"

"望操场内外则心旷神怡,宠辱偕忘,拿上篮球,其喜洋洋者矣!"同学们欢呼雀跃,集体奔向操场,此乐何极!望向天空,晴空万里,映着我们的笑颜!

这个星期,天公终究变了脸,开始迎合我们的心情。

当月亮从天边缓缓消失,当早晨的浓雾散去,当太阳高挂天际,天空乌云不再,雨更是早就打了退堂鼓,仓皇逃窜,我们的好心情也随之攀升至最大值。

操场上的青草纷纷竖直而立,充满了蓬勃的朝气与活力;其上飞舞着几只蜻蜓,展现着自己的美丽与绚烂;天空万里无云,地平线一望无边。

慢慢地跑在操场上,看着高处的神圣国旗、稍远的主席台以及近在眼前的篮球筐,一切是"那么陌生",却又如此熟悉。

开始打篮球了,运球,过人,上篮,一气呵成,挥洒着汗水,展现着自我,散发着活力。清新的空气令人神清气爽,淡雅的花香让人心旷神怡。操场是我们的希望,我们的企盼,我们的寄托!站在操场上,这个feeling 倍儿爽!

乌云密布——晴空万里,生活就是如此,你永远不知道下一秒会发生什么。So,跟着内心走,一路走,一路感受,无论外界如何改变,一种东西亘古永存——青春与希望!

(吴麟霄)

访韩愈

清晨,当万事万物自暗而明,笼罩上一层光明的气息,当鸟的鸣叫、雄鸡的长啼打破了寂静,当一扇扇窗户打开面朝天空,一扇扇大门自闭而开,万化冥合,瞬息万变,他,站在院中的小台阶上,手中轻握一盏清淡的苦茶,穿着素雅的白衣长袍,睿智而又冷静的目光望向一切,静默,无言。

我,就站在他的身后,想要打断他的"清晨感悟"却"欲行又止",站在原处一动不动。

良久,他转过身来,见我一个从未相识的后生,倒也并不惊讶,冷淡地说了一句"进屋"便领我踏进了他的书房。

"久闻韩愈先生大名,今日亲眼所见,吾三生有幸!"上来我便说了一句极为客套的话。他似乎早已习惯了这等"谄媚"之徒,坐在木椅上一言不发。我站在那儿,也略显尴尬,便顺着往下说道:"浮生若梦,一寸光阴即值万钱。今日至此,甚为激动,欲问一人生之题,望先生为吾解之。"

"说吧!"还是那么冷淡。

"人生甚短,人生之意义为何?虽是如此,难道就应及时行乐,走到哪里算哪里吗?"说完这些,我的文言文知识可算是耗尽了,只得动用白话文了。

"此题 sounds 甚难,然并非如此。I think 人生的意义当然不在于及时行乐,作为社会的一员,当然不应只是消耗甚至是浪费社会的资源,而应为社会履行自己应尽的责任与义务。如果人只会吃,而不会排泄,终有一天,那一点点胀大的肚子是会爆的!那就是人自食其果——活该了!"

"Then,what is the real meaning of life?"我也动用英文"予以回礼"。

大文豪就是大文豪,他从容不迫地答道:"Instead of the people who I have talked about, I think that a real person is warm hearted and always ready to help others. 光领薪水可不行,还得工作呢!积极地投入对 society 有益的事情当中去,帮助他人,帮助社会,同时也 change ourselves。黑发不知勤学早,白首方悔读书迟。我却要说:黑发不知尽力早,服务社会才是真。社会正是由一个个人支撑起来的,难道服务社会对自己无益吗? No,no,no. 社会有着巨大力量,像教育、法律、医疗、服务、公共设施等都为人们带来了便利,对我们的益处比比皆是。因此,我认为服务社会是人必尽的义务,人生的意义也正在于此。"

"既然如此,难道那些归隐山林或是无所作为的百姓就不值一提吗?"

"Of course not. 归隐山林的诗人、文人通过游山玩水,将所思所感写在诗中、文章里,不就传承了中国文化,表达了情感、价值观与人生志向吗?这些人改变了社会面貌,改变了社会灵魂,不也大有价值吗?而普通人即便无法为官,也可以通过其他方式贡献力量。比如,农民。民以食为天,无农民,何来粮食喂养我们? 所以,万事万物都是互相依存、互相联系的,人人都有价值(当然排除我一开始谈论的那种人)。"

"甚有理。"我点点头,若有所思。

在韩愈家中一天了,已近黄昏,万事万物又笼罩上了黯淡、寂静的色彩。当太阳的一点点轮廓渐渐被群山销蚀,当树林山谷慢慢遁入无形,只剩下浅浅的一层残影,当月亮发出清冷的光辉,在大地上投下灰白的痕迹,他,又站在院中的台阶上,像个机器人动作一成不变。我,仍站在他的身后,轻轻地一眨眼,一瞬之间,我穿越回了现代,正处于考场之中。时间不多了,拿起笔,深呼吸,动笔飞快,似乎再也不会停下……

（吴麟霄）

（原载 2017 年 12 月第 31 期明招文学社社刊《明招》）

求知编

求学之路

　　这世界上有着数不清的路，道不完的路，走不尽的路。

　　在中国也是如此。当下以习近平同志为核心的党中央为了世界的和平和解决世界经济的危机，提出了"一带一路"倡议。为了振兴中华民族，他提出了"为中国人民谋幸福，为中华民族谋复兴"的光明之路，引领全国十三亿多人走中国特色社会主义道路，从全面建成小康社会到基本实现现代化，再到全面建成社会主义现代化强国。

　　国家有国家的宏伟目标和宽广富强之路，每个人有每个人的奋斗目标和前进之路。作为年轻人，我们更要有自己的奋斗目标，有自己的向往之路。一个人如果没有自己的奋斗目标和前进之路，那就等于是一个瞎子，肯定有一天会被滚滚向前的历史车轮所抛弃，更无从谈起对国家和社会的贡献了。

　　尽管世界上有着数不清的路，但可以断定，任何一条路想走下去，而且想走得通，都必须有一个明确的目标，有一种坚强的毅力，有一股拼搏的精神。除此之外，要想走通这条路，显然也离不开知识和技术。而想拥有渊博的知识和精湛的技术，就得老老实实地读好书，学得一技之长，然后才能报效国家和社会。

我平时在高中阶段的学习成绩基本都在年级前五名徘徊,自己总认为自己是佼佼者了。今年国庆长假,我有幸去南京参加了数学强化培训,在培训期间聆听了浙江大学、上海交通大学、武汉大学等大学数学系教授的讲课。他们的课让我深受启发,也让我茅塞顿开,深知学海无涯,还要苦作舟。因为我僻居一隅,虽属佼佼者,但中国之大,我亦知自己只能是沧海一粟,甚至在求学路上佼佼者多的是,真是山外有山,天外有天,强中还有强中手,我在求学路上仍需努力!努力!!再努力!!!

　　在南京的七天数学强化培训,让我更懂得了在求学之路上"知之为知之,不知为不知"的深刻哲理,深深领会到学无止境的道理。在求学之路上要永远保持努力、拼搏、谦虚、好学、求知的精神,一定要做到《礼记·中庸》中说的"博学之,审问之,慎思之,明辨之,笃行之",才能做到学有所成,学有所用。

　　求学之路并非坦途,而是需要有披荆斩棘、敢为人先的精神。我在求学之路上一直恪守着"读书是为我自己而读,而不是家人或别人要我读"的信念。同时我也牢记爷爷告诫我的"读书是苦,但不读书会更苦"的良言。今后在求学之路上还得牢记《荀子·劝学》中"不登高山,不知天之高也;不临深谷,不知地之厚也"的名言,我相信自己只要不懈努力,奋发拼搏,书山必然有路。

(吴麟霄)

这次我没有食言

　　"下课!"伴随着老师宣布放学的声音,我二话不说,立刻背起书包,拿起一张试卷冲出了教室。"呀! 我果然是最快的!"一冲到校门口,我就骑上自行车,飞快地向劳动桥头骑去,因为,妈妈就在那儿等我。

　　开学以来,我不知怎的,英语成绩出现下滑。起初,也只不过是保不住第一、第二的位置,后来,我居然考到了第五名以后。这真是我最不理想的成绩,有些题目我总是会在理解上出现偏差,连阅读题、听力题也时常犯错,作文更是粗心地犯各种低级语法错误。

　　我虽然很伤心,但也不知是为什么。妈妈因此也是整天忧郁不已,做事情也难免总是情绪化,这使我更加烦躁。但至少我的头脑还是清醒的。不! 我一定要考一个好成绩,向妈妈证明!

　　"妈妈,月考,我一定考第一!"我鼓起勇气向妈妈承诺。虽然前面几次的承诺,我都食言了,但这次,我相信不会了! 我相信我会让妈妈恢复以往的笑容!

　　紧张的复习马上开始。为了备战月考,我甚至放弃了平时玩耍的时间,更多地把精力花在英语上。上课,我不再开小差,而是专心地听进老师的每一句话。我又把以往做过的题目拿出来复习,温故而知新。然后,我又将短语记了一遍,力争不放过任何一个知识点。尽管过程枯燥,但我仍然觉得这是一种享受。

月考的日子很快就到了,英语考试更是重中之重。考试的时候,我认真读题,反复思考,将学过的知识全力用了出来。是的,我就快成功了。终于,试卷改完了,我是第一! 我没有食言!

放学路上,我骑得飞快,因为这次我没有食言。

（吴麟震）

我与明天有个约定

　　轻靠在沙发上,望着手中那遍布红叉的试卷,我又想起这些日子……

　　自从上次科学考试后,我便变得骄傲了。因为全班只有我得了满分! 同学们都夸赞我认真、仔细、聪明。这冲昏了我的头脑。我把考试前自己的努力完全遗忘了,只觉得自己随随便便都能考出个好成绩。于是,我开始上课开小差,做作业偷工减料,只是为了轻松。

　　可在不知不觉之中,我的成绩正在退步。起初,只是没有拿到第一名罢了。后来,我居然考到了九十分以下,我还拿失误来安慰自己的自尊心。结果,这次考试终于给我敲了警钟!

　　卷子发下来了,教室里一片寂静,每个人都在认真答题,不敢有一丝的怠慢。

　　很快,一道填空题拦住了我的去路。这本是一道非常简单的题目,是书上原本就有的题目,可我考前几乎没有专心复习过,以致绞尽脑汁也想不起答案了。这让我意识到了复习的重要性。

　　接下去,一连串的题目都好像故意刁难我似的,专挑我不熟悉的地方考。其实我心里也明白,这完全是因为我自己没有读熟知识点。知识的脉络不够清晰，也就导致我印象模糊。

　　接下来的实验探究题更是我致命的弱点。有一道大题目我完全没有看懂，其实这实验老师上课做过的，但我当时正开小差，没有仔细看。结果这道题目的许多细节我都不知道，现在完全找不到东南西北了……

　　很快成绩就出来了，我只有七十多分。这样的落差让我难以承受，但老师的话提醒了我，让我自己好好反省。

　　于是，今天我坐在沙发上，回忆起自己的学习经历来。我深刻地明白了，骄傲就是一个大黑洞，它会吸走你的知识、你的努力果实，甚至你的智慧。只有放下骄傲，用平常心去对待，才能补上这一漏洞！

　　我与明天的自己有个约定——放下骄傲，认真学习！

（吴麟震）

一张白纸写人生

　　世事人生就是一张白纸，一张白纸就是世事人生。

　　读史或多或少地让我知道历史上许多叱咤风云的人物，一旦争霸天下，就在一张白纸上画出了许许多多宏伟壮观、金碧辉煌的"阿房宫"，又画出了无数有山有水有树有花有草的御花园。这些在白纸上的画已经成为事实，至今留于世间并成了国宝。

　　有天赋又有想象力的画家们，在一张张白纸上画出了许多传世佳作，恐怕现在已经是价值连城的国宝了。如北宋画家张择端的风俗画——中国十大传世名画之一《清明上河图》，不仅仅是国宝，而且名扬海外。还有徐悲鸿、张大千、齐白石的画，虽然稍逊于张择端，但也成了国宝了。

　　有灵感又认真钻研的书圣们，在一张张白纸上挥毫泼墨，写出或方正端庄或龙飞凤舞的书法作品，留存于世，有的成了国宝。诸如东晋最杰出的书法家王羲之的行书《兰亭集序》，虽相传唐太宗驾崩后其真迹已做陪葬，但冯承素、虞世南、褚遂良等人的勾摹品至今还流行得很。还有颜体、柳体至今还是我们学毛笔字的两大字体范本。

　　有才气肯吃苦的诗人及作家们，不分昼夜地创作，在一张张白纸上写下了传世之作。从魏晋南北朝到唐宋元明清,有数不尽的诗人、作家给我们留下了无数名诗佳作,如罗贯中的《三国演义》、施耐庵的《水浒传》、吴承恩的《西游记》、曹雪芹的《红楼梦》这四大名著,至今还是人们的精神食粮。

当然社会是一个万花筒,在这一张白纸上留下痕迹的也有昏君、暴君、奸臣、贪婪之徒、盗匪、小人等人渣。

现在,作为年轻的一代,我们应该以前辈们为榜样,向前辈们学习,拜前辈们为师。要有认真好学的态度,要有吃苦耐劳的精神,一路走来,一路学好。从幼儿园里开始涂鸦,立足于小学的基础,抓住初中的关键,加速高中的冲刺,做好大学的深造。

我们也要在这张白纸上不断地书写自己,刻苦认真地书写好每一学科,以优异的学习成绩来回报自己的父母长辈及亲人。更重要的是,要在这张白纸上书写好自己的人生,以此来回报国家和社会。

"学海无涯苦作舟",人生就得在这张白纸上不断地书写!书写!!再书写!!!

（吴麟霄）

宁静致远

　　"非淡泊无以明志,非宁静无以致远。"这是诸葛亮的至理名言。的确,心急是魔鬼,遇事应当静下心来,沉着应对,方能找到出路。

　　在小如弹丸的西城,诸葛亮自知无兵迎战,却异常冷静,命二十军士扮作百姓在城门内外洒扫,自己在城楼之上燃着香,慢悠悠地弹起琴来。生性多疑的司马懿看见此情此景果然中计,以为城中必有埋伏,退兵而去。这对诸葛亮来说本是场必败无疑的战役,但他却在极致的危险之下又极致冷静,用自己的行动践行了自己的名言。他导演了这出举世闻名的"空城计"。

　　在三国之后的东晋,著名的政治家谢安也是个处事泰然、胆识超群之人。

　　一日,谢安与友人泛舟海上,突然海上波涛汹涌,浪卷云翻,船都快要翻了。谢安的同伴都大惊失色,唯独谢安安然自若,就像什么也没发生似的,照样吟诗弄文。船夫看到谢安如此镇定,也开始竭力划船。之后浪更加凶猛起来,船上的人已经跳了起来,大呼救命,谢安却说:"如果都像这样乱成一团,我们就回不去了。"大家听了这才安定下来,船也才得以平安驶回。同样是面对死亡的威胁,谢安同诸葛亮一样,认识到着急或者自暴自弃的无益，沉着下来，船才会平稳一些，这是多么富有智慧的举动！

还有一次，苻坚率军侵犯晋国，前方战局已经相当吃紧，京师震动。谢安成为征讨大都督之后，谢玄前来请示应对之策，谢安却毫不在意，同谢玄到山中下了盘棋。原本棋艺稍逊一筹的谢安由于冷静战胜了慌乱的谢玄。晚上谢安告诉了谢玄作战方案，果然大败苻坚。捷报传来，谢安只扫了一眼，别人问他战况如何，他才说："仗打胜了。"如此沉着，如此镇定，难怪有人说谢安一人即足以镇安朝野。如此风度，怎能令人不敬！

许多时候，遇到紧急情况或困难时，人都会措手不及，甚至晕头转向，不但不能从被动中转为主动，而且会败得很惨。读书考试同样如此。如果在考试中首先就去纠缠一道难题而耗费时间，错过了完全可以轻而易举地做出来的题目，就会败得很惨。所以，平时就要养成用考试的心态去做作业，用做作业的态度去应对考试的习惯。只有这样，才能使自己立于不败之地。

真是心急吃不了热豆腐，宁静致远，一点也没有错。

（吴麟震）

自负与耐性

  曾经的我十分自负,做事情一点也不耐心,甚至想不劳而获。直到学习了写毛笔字之后,我才明白了耐性的重要。

  和许多同龄人一样,为了写好基本的汉字,我也在周末去学了写毛笔字。而且我看到贴在家家户户门口的毛笔写的春联,就对写毛笔字产生了一些兴趣。

  那是我学习写毛笔字的第一天。

  "你是第一天来吧?"老师微笑着说道。"那我先教你如何握笔吧!"和蔼可亲的老师握起我的手,给我调整手势。"记住,中指、无名指要提紧,手臂要抬起来,不能垂下去。"老师讲了一遍又一遍,还做了几次示范动作。可我却心想:就拿个笔有什么难的,这么简单的方法我一学就会了,讲这么多遍干什么呢?

  "既然学会了握笔,那我们先来学习最简单的'一'字。"说着,老师拿起笔,在桌前站直站好,慢慢蘸墨水,又慢条斯理地在纸上写了个"一"字。写完,老师说:"按照我写的写一张,然后交给我看。"就这么一个"一"字也太好写了,何必那么认真,还要写一张,真是多此一举呀!我心想。于是,我随意地抓起笔,放到墨水里一浸,便开始写了起来。我可不像老师那样认真,而是随便一挥就自以为完成了"一"字。

　　不一会儿,我就写完了。心想着老师一定会夸我写得好,我自信地拿起练习纸,走向了老师。"老师,我写好了!"我漫不经心地说道。

　　老师接过纸,看了一会儿。我看着老师,老师却脸色凝重,摇了摇头:"来,你再写一个给我看看。"于是我像刚才一样,写了个"一"字。老师看完,生气地说:"你自己看看自己的写法!首先,你的握笔方式就不对,手臂也没有抬起来。然后,你的'一'字也没有抑扬顿挫,根本不像毛笔字。你看你太心急了,不要认为'一'字就很好写。小小'一'字也很难写的,不付出努力怎么能写好字呢?"

　　听了老师的话,我满脸通红。从此我学会了做事耐心,写毛笔字也越发认真,再也没有以前的自负了。

　　学写毛笔字改变了我,它让我封存了自负,却开启了一个耐心的、全新的我,而且让我懂得了学写毛笔字也是一种人生的修炼。

（吴麟霄）

值周之旅

这个星期又轮到了我们班值周，每个人都感到兴奋不已。

"铃铃铃！"闹钟的叫声又搅坏了我的美梦。"啊……"我伸了伸懒腰，起床穿好衣服，来到厕所，快速地洗漱一下，便来到厨房吃早饭。今天的早饭是面条，我为了赶时间，立刻狼吞虎咽起来。因为我早上 6：30 便要开始站岗，给来上班的老师们问个早安。

做好准备工作，我便急忙出发了。虽说还是早晨，校门口却早已挤满了来上学的学生和接送的家长，一切都与往常一样和谐而美好。

一下车，我马上背起书包，奔向教室。现在是 6：25，但来到教室的同学已经有二十多个了。我迅速把书包放到座位上，把作业交给组员，披上绶带，准备去西大门站岗。绶带前后有两行字，分别写着"扬武中风采"和"做五星学生"，提醒我们要好好学习，约束自己的言行举止，做一个优秀的中学生。同时，它也是值周班级的标志。

和我一起站岗的有五位同学，组长看到老师时喊"立正"，然后大家一起喊"老师好"。随着大门的打开，同学们陆续进入校园，每当一个老师进入校园，我们都礼貌地向老师问好。老师也点头微笑，对我们表示回应。

除了在西大门站岗,我还要与同班同学去检查八年级各班的卫生。等同学们都去做早操时,我们就一一进入每个班级进行检查。如果掉在地上的纸片很多,我们都会严格地进行扣分,提醒每个班级要搞好卫生。许多班级的同学看到我们时都说希望我们不要扣分,说明每个同学都热爱自己的班级,都有强烈的集体意识,这让我们很欣慰。

　　到了放学时,我还要去站岗,不过喊的是"老师再见",就这样结束了一天的值周任务。

　　值周让我们更加懂得约束自己的行为,我一定会记住这宝贵的值周经历,把它当作初中生活中一段美好的记忆。

(吴麟震)

是他们照亮了我

夜幕降临,天空乌云密布,撒下无数银丝,飘洒到干燥的大地上,飘洒到我的窗前……

"咚咚咚!"一阵急促的敲门声把我从神游之中拽回了现实的世界。

"呀!原来是你呀!"看到我最好的朋友正站在门外,我急忙叫他进来。

"我们一起……"

"不,今天我来只是陪你学习,不和你玩电脑。期末考试就要到了,我们得抓紧学习了!"还未等我说完,他便急切地回答了我。我不禁感到一些失望。

"不过,要玩电脑也可以!我们先来比比谁更沉得住气!谁输了就要罚谁多做一个小时的题目!"

"比就比!"听到这,我立刻对学习感兴趣了。

窗外的雨渐渐变小,空气清新了些许。

为了比拼谁更认真,我马上找出平时欠下没有做的题目,拿起水笔,投入题海之中。起初,我做得兴致勃勃,像是把脑中的思路当作小鸭子,一群群赶到书本之中。可是赶着赶着,我也厌烦了。想到电脑游戏中的情景,我的思想又飞了出去。"加油!再坚持一会儿!"他的话又把我从梦幻世界中拉了回来。"对!我可不会输!"看着朋友坚毅的目光,我信心百倍。只有努力复习,才能考出好成绩。

窗外的雨停了,乌云渐渐散去。

正当我在题海之中奋勇前行的时候,一只拦路虎挡住了我的去路。我冥思苦想终不得其解。这时,他向我伸出了援手。经过他的一番解释,我终于理解了题目,尽管我总有一些地方不懂,但他都耐心地讲解。赶走了这只貌似老虎的难题,我的心里轻松了许多。原来做出了题目也是这么快乐呀!"你看,玩电脑并不是最快乐的,学习才是最有趣的事呀!""对!"我点点头,再次扑入题海之中……

这时,天空中升起了一颗闪亮的星星,我仔细一看,那正是我的朋友!他照耀着我,指引我在黑夜中前行!

在我身边有着无数的星星,是他们照亮了我,也让我从此与手机、电脑绝缘,使我的学习成绩不断提升,每次都在年级中名列第一或第二,除了初一上学期之外,每个学期都是学习标兵。在此我要感谢我的家人和同学。

（吴麟震）

成功需要启迪

　　天才是百分之九十九的汗水和百分之一的灵感所铸就。每个人的成功背后都有一段辛酸的故事、无数的汗水，以及无数次的失败与尝试。

　　尼克·胡哲，天生四肢残缺，但他直面身体的残疾，创造了一个生命的奇迹。他虽然没有四肢，但骑马、打鼓、游泳、足球样样都能。在他看来，世界上并没有什么难事。他乐观开朗，常鼓励别人。他是企业老板，也是励志演讲家。

　　可在这些光彩亮丽的背后，又有谁知道他为这些付出了多少。能够想象，每天清晨，在别人还在呼呼大睡之时，他却早就起床做体能训练了。为了说出自己的故事，他也一定苦练语法和发音，直到嗓子干了、哑了才肯休息。尽管身体残疾，但他依旧尝试更好地利用自己的身体。经过长期训练，他残缺的左脚成了好帮手，不仅帮助他保持身体平衡，还帮助他踢球、打字，这些都是要经过多少次的努力练习才能达到的效果。他甚至尝试用自己的"小鸡脚"写字。经过不懈努力，他成功学会了写字，甚至出版了《人生不设限》这样鼓舞人心的好作品。

　　在许多人看来，他只是一个神话，但我认为，这是上天给他超于常人的努力的回报。还有史铁生、张海迪，不也都是这样的人吗？这些人的身体虽然不完美，但他们的顽强精神却是如此让人感动。

想必大家都知道"闻鸡起舞"的故事，也知道"笨鸟先飞"的道理，这些例子不也都是在告诉我们努力方能成功的道理吗？

相信吧！世上没有一条没有阻碍的平坦大道，也没有一帆风顺的人生。在布满荆棘的小路上，只有努力尝试，才能斩断阻碍，走向成功！是啊，成功背后必有汗水，尝试过后必有收获！

当我读完尼克·胡哲的《人生不设限》之后，心情久久难以平静。他一个残疾人，能有如此的毅力，始终坚持着自己的信念，永远不言放弃，这是多么的可贵啊！反观我这样一个健康之人，还有什么困难不可克服，还有什么理由不把书读好，还有什么理由不去冲刺全国著名大学呢？没有理由，只能努力！只能加油！只能一往无前地拼搏和冲刺！只有这样，希望的曙光才会出现在前方。

（吴麟震）

向目的地出发

古人云："古之立大事者，不唯有超世之才，亦必有坚忍不拔之志。"我不是天才，但也不是庸才，我相信凭借努力，不断向目的地进发，终能驶进胜利的港湾。

清晨，揉着疲惫得睁不开的双眼，奋力支撑着全身从床上艰难地爬起，洗漱完毕，狼吞虎咽地吃完早餐，乘着妈妈的车来到学校。

太阳从东边缓缓攀升，澄明升起，雾霾退场，新的一天开始了。同学们尚未到校，我便早早地交完作业，拿起书认真背诵起课文。"长风破浪会有时，直挂云帆济沧海。"书中如是写道，而我也对此深信不疑。

中午，吃过中饭后，进入每天固定的休息时间。同学们个个睡意四起，齐刷刷地趴在桌面上，惬意自在地眯上了眼。周围鼾声四起，回荡在整个教室，简直"余音绕梁、和谐动听"。我却倔强地拿着笔，桌面上的难题摆在眼前又怎能不做？在草稿纸上飞扬的思路被具体化为一个个图形与数字、公式与符号，像是无规律却又似乎有些章法的音符，生动地展示着此刻我脑中的风暴。

窗外太阳高照，蝉声不绝于耳，微风吹过，温热的风又带着些许凉意吹在脸上，顿时智商如爆炸般提升，思路如倾泻的瀑布喷洒而下，解题已不是问题,妈妈再也不用担心我的学习!天才就是别人在喝咖啡,而他在读书。我表示赞同。

夜晚,早已完成作业的我理应可以休息了。但我可不是懒惰的树袋熊,除了吃就是睡。拿起如水流的课外练习书,开始一天中最后的挑战。手,飞快写着;脑,急速运转;心,静如止水。在盈盈月光下,在繁星闪烁着夜空之时,我挑灯夜战,仿佛忘记了时间。此刻打盹,你将做梦;此刻学习,你将圆梦。我深有体会。

日复一日,年复一年,我在用自己的努力铺就通往目的地之路。既然选择了朝阳,就不要在乎地平线有多宽多广;既然选择了远方,就不要畏惧有多少的雨雪风霜。在向目的地进发的路上,我愿用一颗不羁的心,采撷足够多的霞光,来造就一个光芒四射的明天!

（吴麟霄）

我的时间

　　听惯了"黑发不知勤学早，白首方悔读书迟"的劝学诗句，看厌了"此刻打盹，你将做梦；此刻学习，你将圆梦"的洗脑鸡汤，也背透了"时间就是生命"诸如此类的名人名言，可现实就是现实，教室里，我还真在"昏昏欲睡正打盹"呢！时间，真有那么重要吗？读书与努力，真有那么重要吗？

　　是的，成功的大门永远向珍惜时间、刻苦勤奋的人敞开，也将永远对浪费时间、慵懒困乏的人关闭，上帝是公平公正公开的。那天，我体会到了这一点。

　　星期六的早晨，万籁俱寂，盈盈月光尚未洒尽，晨光熹微中，我与妈妈开车去永康看病。打开从未用过的导航，我握着触控笔乱点乱画。随着导航"一丝不苟"的引导，我们在路上轻松地行驶着，丝毫不知，我们正离目的地越来越远。

　　突然，我赫然看见路边路牌——永康正在我们背后"千里之外"！急忙停下车，我和妈妈花了半个小时研究导航之后，才半信半疑地重新上路了。

　　时间在一点点流逝，转眼已是上午9点半了。慌慌张张地走进医院,却又被如流的病人淹没。无奈,等吧。

但这浪费的又是我的时间!作业还有很多,写作文、做试卷、背知识点、默课文，oh my god，时间不等人啊!

等到将近 10 点半,我和妈妈才缓缓走进了治疗室……看完病,已经是 11 点半了,我的时间、我的作业困扰着我,让我焦虑万分。Kill me!

那天晚上,我挑灯夜战直至深夜 12 点。真是"血与泪"的教训啊!如果不把握好时间,甚至浪费时间,这"债"终归是要还的,老天就是这么公平公正公开!正如王朔诗中写道:时间是个收破烂的,你本想将破烂扔给他,却不小心把自己也扔了。

时间不是一个抽象的概念。春夏秋冬,四时更替,物理时间随着时钟的指针,分分秒秒匆匆地流逝,但是,决定权在我自己手中,因为我听见时间说:"我很遗憾,我不能重来,但你可以!"我的时间,由我自己把握!

（吴麟霄）

《骆驼祥子》读后感

　　读《骆驼祥子》，我感受到了二十世纪二十年代人们悲惨的生活，同时也为祥子最终的堕落感到遗憾！他的故事给了我许多启示。

　　祥子十八岁便失去了父母，财产都没有了，就到北平来寻找生路。祥子年轻力壮，又不吸烟喝酒，于是他便认定，拉车是他挣钱的出路。祥子苦干了三年，终于买了自己的车。从此，他的生活也越来越有希望了。

　　祥子为了挣钱，即使兵荒马乱，也照样出车。有一次，他冒险把车拉到了清华，结果被大兵抓了当奴役，车也被缴了。他自食其力的梦想第一次破灭了。

　　后来，祥子趁乱逃跑，还拉了三只骆驼，在回北平的路上卖了三十五块钱，从此，他有了个外号，叫"骆驼祥子"。

　　回城之后，祥子便到人和车厂拉车。老板是刘四爷，快七十岁了，只有一个上了年纪的女儿，还虎头虎脑，像个男人似的。两人都挺喜欢祥子，祥子便把三十块钱交给了刘四爷保管，准备再挣钱买车。

　　后来，祥子在杨家拉车受了气，回来后被虎妞引诱，和她好上了。醒后，祥子十分羞愧，决定离开人和车厂，于是去了曹先生家拉包月。曹先生是个好人。

一天，虎妞告诉祥子她怀上了孩子，把三十块钱还给了他，让他届时给刘四爷拜寿，讨老爷子欢心，他俩的婚事才有希望。祥子震惊极了。祭灶那晚，祥子为了曹先生被孙侦探骗走了所有的钱，他的希望又破灭了。

刘四爷生日那天，虎妞与老爸闹了别扭，自己拿了钱在一个大杂院里租了房子成亲了。而刘四爷倒卖了车厂，去享福了。祥子要了虎妞的钱，买了同院二强子的车。但虎妞因老吃零食，不运动，难产死了。祥子为办丧事卖了车，一切的努力又都白费了。

二强子的女儿小福子愿意跟祥子过日子，祥子也喜欢她，但又无法养活她全家。他找到工作回来找小福子时才得知她去了白房子，吊死了。祥子从此堕落，抽烟、酗酒，对车也不爱惜，还老偷懒。

祥子为了钱，去认识的人那儿骗钱，还出卖了阮明，成了小人。祥子成了个人主义的末路鬼。

《骆驼祥子》揭露了黑暗的旧社会对劳动人民的压迫和剥削，表达了对劳动者的深切同情，批判了自私狭隘的个人主义，让我明白了做人不能太狡猾，也不能太呆板，只有好好做人，才能让梦想成真。

由此想到祥子当时在时间的流逝中，若不自暴自弃，不自甘堕落，仍保留着朴实的情感，生活也许会变好。但是在当时的黑暗社会里，政府的腐败，官吏的欺压，世风日下，普通平民百姓真的是难以生存，只能生活在水深火热之中。祥子就是当时社会的一个缩影罢了。

（吴麟震）

重读《骆驼祥子》有感

祥子是战乱年代中国社会底层人民的代表,他向我们揭露了社会的黑暗以及人性的黑暗。

祥子本是一个身强力壮、年轻气盛、天不怕地不怕的人力车夫,他相信拉车是他这辈子唯一的出路,他一定能够买上自己的车,过幸福安定的生活。

但是在那个年代,想实现人生目标会有这么容易吗?当然不会。

祥子省吃俭用,甚至连生病都坚持下来,咬牙苦干了三年,终于凑足了一百块钱,用这血汗钱买了一辆车。有了这辆车,他的生活过得越来越起劲。

但是,好景不长,祥子有一次冒险把车拉到了清华,连车带人被十几个兵痞捉了去,车没了。

好不容易回到城中,他仍相信自己还年轻,仍旧可以赚大钱,便去人和车厂刘四爷那儿租车。一次祥子正拉着曹先生回家,被一个侦探跟踪。曹先生先让祥子把车拉到朋友左先生家,又让祥子回家接太太、少爷。这个侦探是当初抓祥子的匪兵排长孙侦探,他骗走了祥子所有的钱,祥子买车的希望成为泡影。

虎妞怀孕了,她和祥子成了亲,住在一个大杂院里,并买下了一辆车。不幸的是,虎妞因胎儿过大,难产死去。为了给虎妞办丧事,祥子只得又一次失去自己的车⋯⋯

最后,祥子堕落了,他要让那些恶心人都死光,他成了所有人眼中的刺头儿、眼中钉,成了个人主义的末路鬼。

祥子啊,一个曾经那么要强的头等车夫,最后却还是没有挣脱悲惨的命运,人生并不因为他的要强而多给予了他什么。而他也曾经相信过自己,却无济于事。他的一次次的奔忙,他的一辆辆用血汗钱买来的车,他买车的一次次积蓄,又没招谁惹谁,不也就这样没了吗?在自然与社会面前,一个人显得是多么渺小、无助、无奈啊!

其实祥子和许多古代诗人有同样的经历:杜甫曾经多么胸怀大志、自信自傲,写下过"会当凌绝顶,一览众山小"的传世佳句,但在经历苦难、磨炼后,"白头搔更短,浑欲不胜簪",往日的雄心早已不再,热血早已枯竭,黑发早已花白。所以我心目中的祥子,无非就是一个人与社会、命运抗争,最终希望与梦想被破灭,继而堕落、失败,成了那黑暗社会的一个牺牲品,再也爬不起来的典型例子。

（吴麟霄）

不忘初心方得始终

——《西游记》读后感

　　《西游记》是我国四大名著之一，是吴承恩所著。这本书情节一波三折，曲折异常，想象独特新奇。在这本书的主要人物中，我最喜欢的就是美猴王孙悟空。

　　孙悟空是一灵石所化，吸收了天地灵气，十分聪慧。他冲进水帘洞，当上了美猴王。

　　在水帘洞戏耍数年之后，他想为众猴取得长生不老之技，历尽艰辛，跋山涉水，来到了菩提老祖门下学习本领。他在菩提老祖这儿学会了随机应变的本事、九九八十一变的大本领，神通广大，力大无穷。他为众人展示本领时，菩提老祖却气愤地将他赶了出去。

　　回到花果山，他为众猴撑腰，打败了平日横行花果山的妖怪，当上了名副其实的大王。孙悟空觉得没有什么称手的兵器操练，竟到傲来国武库中夺走了无数器械，从此众猴有了兵器。

　　孙悟空自己没有好兵器，就去东海找龙王要，几千斤重的兵器在他手中却是旋转自如，他意外使十万八千斤重的定海神珍铁缩小，因此获得了绝世好兵器。

　　他又闯进阎王殿，删除了生死簿上众猴的名字，严重触犯了天条。

就这样，孙悟空和众神仙展开了一番斗智斗勇。好不容易抓住他，却让他炼成了火眼金睛，大闹天宫。

孙悟空虽如此厉害，但能力也是有极限的。他不慎中了如来佛祖的计，被压在五指山下，限制了自由。东土大唐有一僧，名玄奘，他奉命去西天取经，途中救出了孙悟空，降服了猪八戒、沙和尚，经历曲折岁月，受了九九八十一难，终于取得真经。孙悟空也通过协助唐僧，修成了正果。

孙悟空敢作敢为、勇敢正直，这在"三打白骨精"中有很大的体现。白骨精为了吃唐僧的长生不老肉，连续三次假装成人，哄骗唐僧，险些成功，幸好每次都被孙悟空的火眼金睛一眼识出，一棒打下去，打得白骨精灰飞烟灭。

前两次救唐僧时，唐僧都没有认出妖怪，误以为是孙悟空故意伤及无辜，打死了平民百姓，气愤异常，孙悟空却仍然不计前嫌，第三次为唐僧打死了妖怪。这次孙悟空就没有那么幸运了，他再三恳求，还是被唐僧赶走，只好拜别唐僧回了花果山。

其实《西游记》在故事中提起过，起决定性作用的是孙悟空，如果他不去保护唐僧，那么凭沙僧、猪八戒之力根本无法阻止众妖怪，唐僧一定会被吃掉。孙悟空却不计前嫌、任劳任怨，凭借着自己神通广大的能力，才助唐僧到西天取了经。可见孙悟空的正直、心胸宽广非常值得人们学习。

读了《西游记》，我明白了团结就是力量！众人只要齐心协力，必会取得成功。更令我感动的是孙悟空，他本可以在花果山做一个自由自在的美猴王，却低下头来协助唐僧，他的这种为人之道令我感动不已。

其实《西游记》中最核心的精神是不忘初心方得始终。从开始的想取经，到最后真的取回了经，这就是证明。

（吴麟霄）

读《品三国》有感

今年暑假，我读了易中天先生的《品三国》。

三国是一个英雄辈出的时代，是一段扑朔迷离的历史，是一部引人入胜的历史故事，是一个让人津津乐道的话题。正史记录，喜剧编排，小说演义……不同时期有不同的评点，不同作品有不同的描述。

是非真假众说纷纭，成败得失疑窦丛生。《品三国》这本书最令我印象深刻的就是它对一些三国故事的品读。

比如讲到"空城计"。在《三国演义》中，罗贯中将这个故事大编特编，使之成了后人久演不衰的折子戏题材。但其实"空城计"很有可能是不存在的。裴松之驳斥"空城计"的证据是：首先，诸葛亮屯兵阳平时，司马懿官居荆州都督，驻节宛城，根本不可能出现在阳平战场。其次，司马懿根本没必要直接离开：当时，他的军队有十几万甚至二十万人，诸葛亮可能只有万把人甚至只有二千五百人。派一队侦察兵进城，或将西城团团围住，不就行了吗？我也因此认为"空城计"一定是戏说。

在《三国演义》中，周瑜往往是气量狭小的代表。但其实周瑜不仅"雄姿英发"，而且性格开朗、气度宽宏。

这样的历史细节还有许多,完全颠覆了我以往对《三国演义》的了解。

　　《品三国》这本书也丰富了我的历史知识,拓展了我的视野。读了这本书后,我了解了许多历史知识。例如,官渡之战中曹操战胜了袁绍,是著名的以少胜多的战役;曹操晚年终于露出奸雄本相,崔琰和杨修就是被他害死的。不仅是历史事件,对于人物形象,我也有了更深入的了解。比如,徐晃英勇过人,关羽也不是他的对手;祢衡虽有才气、聪明过人,却出言不逊、恃才傲物、目空一切……

　　能攻心则反侧自消,从古知兵非好辩;不审势即宽严皆误,后人治学要深思。这是易中天先生的历史观。他为了这本书也是潜心钻研、刻苦勤勉,不愧为我们学习的榜样。希望像他一样,我也能在自己的治学之路上越走越远……

（吴麟霄）

读《边城》有感

  在川湘交界的茶峒附近，小溪白塔旁边，住着主人公翠翠和她的老船夫爷爷。城里的船总叫顺顺，有俩儿子，老大天保，老二傩送。

  端午节时，翠翠去看龙舟赛，偶然地与相貌英俊的青年水手傩送相遇，傩送在翠翠心中留下了深刻的印象。但在同时，傩送的哥哥天保也爱上了翠翠，并提前托媒人提了亲。天保告诉傩送他早在一年前就已爱上了翠翠，而傩送却告诉天保他两年前便爱上了翠翠，天保听后大为吃惊。然而此时，当地的团总以新磨坊为陪嫁，正准备把自己的女儿许配给傩送。但傩送已深深爱上了翠翠，他宁愿继承一条破船也要与翠翠成婚。

  兄弟俩并没有按照当地习俗以决斗论胜负，而是采用公平而浪漫的唱山歌方式来表达感情，让翠翠自行选择。傩送是唱歌好手，他一开嗓，天保便自知唱不过弟弟，心灰意冷，断然远行去做生意了。

  碧溪边只响起一夜傩送的歌声。老船夫本以为是天保唱的，却得知是傩送。几天后天保坐船淹死了。船总顺顺因儿子天保的死对老船夫变得冷淡，也不愿意让翠翠做傩送的媳妇。夜里下了大雨，船已被冲走，白塔也塌了，爷爷也死去了。最后傩送也孤独地出走，不知去了何方。老军人杨马心陪着翠翠,以渡船为生,等待傩送归来。

这本书讴歌了传统文化中保留至今的美德,描写的湘西风光秀丽、民风淳朴,人们真诚相待、友爱相处。爷爷对孙女的爱,翠翠对傩送的纯真之爱,天保兄弟对翠翠的爱,以及兄弟的手足之情,都代表着农业文明的传统美德。同时也表达了对古老美德、价值观失落的痛心,以及对现代文明物欲泛滥的批判,值得人们去认真思考。

《边城》成书之时正是沈从文先生爱情事业双丰收的季节。1931年的社会虽然动荡不安,但总体上还是显现出和平景象,此时中国有良知的文人都在思考着人性的本质,沈从文先生自然属于前沿人物,所以他写了近似于桃花源的湘西凤凰边城,给都市文明中迷茫的人性指出一条明路。

人间尚有纯洁自然的爱和美,人生需要皈依自然的本性。读完《边城》,我觉得在高度文明的今天,社会仍然是人心浮躁、物欲横流,人们都把眼睛紧紧地盯在钱上,不管从事哪个行业,在头脑中、在心中,只有唯一的钱才是万能的,总认为有钱能使鬼推磨。现实中,很多人动不动就比金钱多少,比房子大小,比私车的豪华,唯利是图已尽极致。我多么希望有人来写出比《边城》更《边城》的小说,来惊醒人们。

(吴麟震)

面对困难

    大自然的力量是巨大而又不可阻挡的,但是面对大自然的挑战,我们并非一定会失败。老渔夫圣地亚哥令我印象深刻。

    一番简单的准备后,老人就这么出了海,他将面临的是几天几夜的生死逆境,要经受大自然的严峻考验。

    一只海燕的哀鸣声划破长空,它在闪电中疾飞,在巨浪中穿梭。天幕像拉上了薄而昏暗的轻纱,乌云密布,雷雨交加。波涛汹涌的大海上,一条小渔船在海浪的冲击下颠簸起伏,毫无目的地漂着。一位老渔夫,黄蜡般饱经风霜的脸上,映出了那苍白的月亮,坚定不移的眼睛发呆似的望着前方。此时小船便犹如一艘亘古长存的破旧战船,正接受大自然最严酷的考验。

    汪洋大海,一望无际。老人独自一人,与上下起伏的海面为伴,与周围的飞鱼海鸟为伴,与自己为伴。老人就这么漂泊着,凭着自己这么多年的经验和无所畏惧的勇气,无论是手抽筋时仍奋力拉住大马林鱼,还是与鲨鱼斗智斗勇,他凭借毅力与坚持克服重重困难,尽管最终只是拖了一具鱼骨回到海岸,但他依然成功了——他赢得了所有人的尊重与敬佩。

老人，一名平凡而又伟大的渔夫，面对面目狰狞恐怖的大海，面对令人胆寒心惊的鲨鱼，他用自己那微不足道的力量欲与大海比肩，与鲨鱼抗衡。在这么一条布满荆棘的死路面前，老人的意志力就像一把锋利无比的镰刀，杀出一条血路来。

一帆风顺会让我们忘了痛，忘了反思，忘了进步，殊不知，只需一阵小风浪，我们便成了墙头草，风吹两边倒，显得脆弱不堪、弱不禁风。只有在重重挑战面前毫不退缩，以强大的意志力和永不放弃的行动突破内心的围城、困境的迷宫，我们才能"会当凌绝顶，一览众山小"。

未来不会缺少困难，面对困难，我们该如何选择？是迎难而上还是放弃退缩？我想老渔夫圣地亚哥已经给了我们答案。

（吴麟霄）

精彩的辩论会

  为了更加深入地开展这次"综合性复习",班主任让我们举办了一场关于"现代机器对人类影响"的辩论会。

  首先,大家各自选择了阵容,我参加了正方。我本以为支持正方的人一定更多,结果双方人数基本上一致,真是势均力敌啊!我们各自选出了己方最会说的同学作为先发言的辩手,之后再轮流发言。辩论还未开始,教室里却早已弥漫着一股浓浓的硝烟味了。

  先由我方发言。管乾盛迅速站起来,气势逼人地说:"现代机器给了我们许多帮助。例如,电脑让我们获取信息,车辆让我们交通便捷,投影技术让我们的学习更加方便容易。难道你们不这样认为吗?"听了他的精彩发言,我们立刻鼓掌。士气大盛呀!

  可对方也不是吃素的,高莞婷首先站了出来反驳道:"虽然现代机器给了我们帮助,但它也会害人!许多青少年沉迷于网络,学习成绩一落千丈。而且我国的传统文化也逐渐衰退,大家现在都用钢笔、水笔、自动笔写字,还有多少人会用毛笔呢?"反方的同学们也鼓起掌来,辩论会已步入高潮。

  接下来是由何伊蓝应战。她站起来,显得有些生气地说:"既然你说我们失去了中华传统文化,为何自己又要使用钢笔、水笔呢?"教室里马上响起了雷声般的掌声。哇啊啊!这下看你们如何反驳!

这时,机灵鬼钟家睿起来发言,他说:"这是为了更加方便地书写,这是时代需求,而我国传统文化淡化是事实!"他的气势真是震慑住了我们!

这时,我发言了,我用怀疑的语气说:"现代机器提高了我们的生产力,农民收割不再那么劳累,使我们的资源更丰富。不然,仅凭人力,说不定你们都吃不饱、穿不暖呢!"

高莞婷立刻起来反驳我:"可在现代机器的帮助下,我们的手工技艺、动手能力越来越差,最终人们将会非常懒惰!"

……

时间过得很快,马上就要下课了,老师这才结束了辩论会。不过我们胜负未分,大家都还意犹未尽呢!

你觉得哪一方说得更有道理呢?

(吴麟震)

即景编

春雨潇潇

雨,在下。

叶,在摇。

花,在开。

春雨潇潇,弥漫着万物复苏的安坦和感怀,却也笼罩着几分清寂与孤独。我,眨眼刹那,深山已入,漫无目的,然心向往之。

春雨潇潇地飘着,春水在山间流淌着,日子浅吟低唱;春雨在柳梢头跳跃着,生命的萌芽正在成长;春天的气息在原野上游荡,心情恣意徜徉。春意在天地间绽放,景色美丽安详,春满人间,把烦恼的阴霾驱赶,让快乐的微笑展现,但愿每个人都拥有一颗闲的心,赏一路美的景,自在地前行。

走着,走着,历史向我走近,我也走近历史。眼前,深绿的树丛中,一片斑驳的、带着青苔的砖瓦若隐若现,又仿佛就在眼前。它深隐于山林之中,无人知晓,却与世间万物共经荣辱,看似死气沉沉,实为活物,它是精神的外化。

更近了,院门就在眼前,然一湾清泉在我与它之间,静静流淌,浑然天成,就像是院门与世俗红尘天然的屏障。那道朱漆大门威严肃穆,但,它就在那儿,任由你开或不开,过与不过。

终于进了门,院内,几许杂草赫然落在青色的古老石板上,微风吹拂,草叶柔弱地摆动,却直击我心。哦!这原来是一幢落荒的老庙。它,就该这么被闲置着吗?我,缄默无言……

走着,走着,我顿悟了:有山有水才是风景,有爱有恨才是感情,有风有雨才是日子,有聚有散才是人生。也许春雨潇潇,别让烦恼跟随;也许春雨绵绵,要让心情灿烂。脚下的泥泞坎坷别在意,人生学习的时间要珍惜。

（吴麟霄）

我眼里的春天

　　春天,河水解冻,万物复苏。所有生灵都渴望绽放出自己最绚丽的一面,让世界去欣赏他(她),赞美他(她)。大自然是我们最好的老师,尤其是春天。

　　春天,油菜花开,红蜻蜓飞,蒲公英美,是灵动的诗篇。蔚蓝的天,翠绿的山,清澈的泉,是幅美丽的画卷。春天,百花齐放,争奇斗艳。桃花向人们展示着她那娇嫩鲜艳的花朵,其态极妍;迎春花奋力伸展着腰肢,绽放出最柔美的微笑,香气沁人心脾,惹人陶醉;月季花玲珑剔透,抽出嫩绿的枝条,开出美丽的花朵。有的含苞待放,圆润的花苞稍微鼓起,像一个个缩小的小皮球;有的已经开放,花瓣柔柔嫩嫩、绚丽多姿……

　　是的,春天里,花虽这么美丽,香气也令人心旷神怡,但她们都是富贵人家的千金小姐,受不了困难,承受不了挫折。她们就像个摆设,只能给人视觉上的美,并不能引起心灵的震撼。

　　小草,顾名思义,就是渺小不起眼。它默默无闻,身材短小且开不出美丽的花朵,似乎无法向人们展示它的美好之处。小草在百花映衬下,的确不怎么引人注目。但是,古代文人墨客中也不乏注意到它,并为它作诗之人。"离离原上草,一岁一枯荣。野火烧不尽,春风吹又生。"这是唐代诗人白居易所写的一首妇孺皆知的诗。正如白居易所说，小草就是有这么顽强的生命力。它们中多是不幸的，芽竟生在黑暗的、无水无阳光的石缝之中。若是一般的植物肯定放弃了生的希望，但小草不甘心，不知是哪儿来的巨大力量，小草竟从石缝中绝处逢生，钻出石缝，冒出一丝淡淡的嫩绿。它天生不幸，但不甘平凡，绝境求生，绽放自己生命的光彩！它顽强、坚毅、坚持不懈，在这春天里，它成了一道不可或缺的风景！

春天，大自然中还有许多我们的榜样，让我们用心去发现，用心去真正地感受！

这就是我眼里的春天。

（吴麟霄）

寻觅春天的踪迹

　　"最是一年春好处，绝胜烟柳满皇都。"阳春三月，春花烂漫，探幽寻芳，寻觅春天的踪迹，收获颇丰。

　　走出家门，看见一片草地。春天，是万物复苏的季节，小草纷纷从泥土中探出脑袋，小心翼翼地张望着这毫无印象的世界，无知者无畏，就这样挺立土中。春雨时节，倾盆大雨下，"洪水"几近淹没了它们的全身，但它们在风雨中毫不畏惧，顽强地直立着，极力伸出水面。雨停了，小草上的雨露使它们看上去更加青翠可爱，沐浴着阳光，想必它们正想象着自己正在沙滩上悠闲地晒太阳呢！无知者无畏，我在寻觅春天的踪迹时，发现了乐观与坚强，颇为感动。

　　走进公园，一株株桃花吸引了我的目光。"人面不知何处去，桃花依旧笑春风。"是啊，粉红的花朵缀满树枝，简直快要压断树枝了，像是迫切地想要人们更近地欣赏它们的美丽。微风吹过，桃花瓣一片片飞舞旋转，晃晃悠悠地降落地面，芳香氤氲，令人心旷神怡，如临仙境，顿感轻松愉快。桃花帮助人们抛却烦恼，拥抱晴天与沁人花香，拥有持久的魅力，以及无穷的益处。我在寻觅春天的踪迹时，又发现了美丽与善良，颇为愉快。

再走到一条四下无人的小溪边,聆听潺潺流水。小溪清澈透明,底下的石块与小鱼小虾一览无余。小鱼们悠然自得、漫无目的地游着,仿佛在原地等待,又仿佛是游向未知的远方。小虾们则脾气火爆,在水中缠斗不休,十分有趣。水还倒映了旁边的遮天大树,几许光影从空隙处洒下,停在水面上,波光粼粼,神秘而梦幻。倾听着"哗哗"不断重复的水声,坐在一旁的小石头上,低头沉思,心格外安静。我在寻觅春天的踪迹时,又无意间发现了宁静与舒适,颇为感怀。

　　寻觅春天的踪迹,于无言中,收获颇丰。这就是春天的魅力,这就是大自然的恩赐!

（吴麟霄）

夏之雨

　　今年夏天的干旱高温真是成了历史之最，有人说是百年一遇，有人说是一百五十年一遇。反正我们江南的浙江已成了闻名的"火炉"之省。

　　今年夏天的干旱高温，让家里的空调连续运行两个多月没停过，好像空调也在抱怨着说"我太累了，我要罢工了"似的。人们几乎不敢出门往街路上走，只好窝在家里躲避着那赤日炎炎似火烧。走在街路上，那街路边空调吹出来的热浪，那汽车呼啸而过从排气管排放出来的滚烫尾气，直往我裤管中钻，顿时我就大汗淋漓，心中默念着"太热了！太热了！"。

　　路边绿化树的树叶被太阳晒得金黄，草坪上的小草在枯萎。路上有几个行人在叹息，今年真是苦夏，这样的干旱高温一辈子都没见到过，庄稼、蔬菜都被晒死了，菜价一天一天地往上涨，这样下去真的是糟了，也不知老天什么时候能下一场雨啊！

　　今年夏天的干旱高温特别厉害，这同环境的恶化是分不开的，说明人和自然的相处已经很不和谐了，这也是自然界报复人类的手段之一。这非常值得人类去反思。

越是干旱高温，台风就越难同浙江靠边和影响天气，干旱高温的日子一日挨着一日过。有一天，突然雷声滚滚，乌云满天，下起了倾盆大雨。我站在阳台上听风看雨，默默地念着：这场"夏之雨"，虽然说不上是一场及时雨，但总算是缓解了天气的炎热，缓解了农作物之渴，给城市带来些许清凉，给农民带来些许喜悦。路边的树伸开了树丫，小草也露出了笑脸。

从"夏之雨"联想到每个人或某件事也是如此。从电视中看到，抗日战争爆发，将士们夜以继日地同日本帝国主义侵略者激战，不能睡觉，更没饭吃。此时此刻后方百姓送去一筐筐白面馒头，让抗战将士们虎吞狼咽地填饱肚子，这也像似"夏之雨"，来得那么及时。正因为是一场"夏之雨"，抗日战士们提起了精神和力量，一次次地阻止了日本帝国主义的侵华军事行动。

同样在日常生活中，当一个人困难无援之时，路过的行人有着"上善若水"之心，举手相助，帮他一把，助他一下，送他一程，这也是一种"夏之雨"，体现了中华民族"善作魂"的优秀文化传统。

在日常学习过程中，每当写作时，为了一个句子的遣词造句或修辞，我们常伤透脑筋，一旦有老师点拨一下，就会茅塞顿开。当遇到一道数学方程解不开时，如有数学老师帮助启发一下，我们马上可以解开。这也是一种"夏之雨"。

在现实生活中，很多时候，人们需要这种"夏之雨"。甘当这种"夏之雨"的人多了，我们的社会就会更和谐、更美好。

（吴麟霄）

秋　天

　　秋天,一听就是一个寂静的季节,一个美丽的季节,也是一个凉爽的季节,却又显现出一丝凄凉。

　　秋天,赶走了夏天的闷热、空调、热汗和无聊,秋与夏截然不同。天气冷了,有时穿件短袖就被冻得发抖,只能穿上厚厚的衣裳;告别了暑假,在秋天跨入了初中的大门,开始了新的学习生活;万物渐渐凋零,似乎连时间都停止了旋转,落叶铺满了大地。

　　初中,和秋天一样,充满着幽深寒意。初中的知识量和小学比简直是天差地别,一节课的重点一晚上都记不熟,像秋天夜晚黑暗的马路,幽深得好像走不到尽头。不仅是难度高了,量也跟着增加了,作业那么多,匆匆忙忙做好了又怕明天老师一批改错误多得不堪入目,想着是否会被老师一顿臭骂与批评,真让我毛骨悚然,透出一阵凉意。学习的压力让人透不过气来,像秋天早晨的大风,异常寒冷,冰彻人心。

　　说实话,日复一日,整天除了起床、吃饭、上学、做作业、睡觉,其他什么都没有。生活中没有什么值得注意的事,连季节的更换都无暇顾及。

　　有一天,放学了,已经是6点多,天色已暗了下来。走在回家的人行道上,看见几片火红的树叶飘飘扬扬落下了地,突然意识到:学习与秋天是多么相似啊!学习,像秋天的落叶,总会有失落的时候,但落叶有一天也会被风吹起,飘向远方。学习也是这样,一时失败了,但只要不放弃,继续努力,上天就不负有心人。古人不是说天道酬勤吗?我就想着总有爬上去的时候。这些秋叶似乎在告诉我:失败时,不能气馁,要始终不变地努力,到最后,成功不会是别人的,而是自己的。

望向夜空,夜空像一块洗净了的蓝黑色粗布,星星仿佛是撒在这块粗布上的闪光的碎金,沉寂,美丽。

看月亮渐盈、桂花摇曳才发觉,佳节又至,应是人间欢聚时。这个中秋须趁风清月明,伴随着丹桂的悠悠醇香,坐坐,歌吟,令那一份久违的闲情暂来陪伴,愿有好的开始。

回到家,一马当先的自然是做作业,在学校里已赶了不少,不一会儿就做完了书面作业。吃完晚饭,还没完成的复习和背书的任务又让我忙碌了起来。如果要高质量地完成作业,远不是六七点钟所能做完的。

深夜,窗外安静得出奇,我也情不自禁地打了个哈欠,显然是困了。忽然,窗外响起了鸟的鸣叫,清晰明亮,好像贯穿了大脑似的,一下子让我打起了精神。这一阵阵的声浪仿佛在说:"坚持就是胜利,困没有什么好怕的,在意志面前,困根本不算什么。只有认真地做好眼前的事才是关键!"

这一刻,我体会到:大自然才是人类最好的老师啊,尤其是秋!

秋天,看来并不是那么寂静、幽深而悲凉的,而是给人启示,让人领悟生活哲理的。秋,是硕果累累的秋,人们不都说春华秋实吗?

（吴麟霄）

秋　雨

雨，悄悄地来了，
是银灰色粘湿的蛛丝，是牛毛、花针，
密密地斜织成一张轻柔的网。
一切都是异常的沉闷，
园子里绿翳翳的石榴、桑树、葡萄藤，
不过代表着过去盛夏的繁荣。
娇嫩的洋水仙，
垂了头，含着满眼的泪珠，
叹息无奈。

雨，只有一点淅淅沥沥的声音，
橘红色的房屋，
在雨里静默着。
只有灰色的癞蛤蟆，
在湿烂发霉的泥地里蹦蹦跳跳，
溅起的是灰白色的水花。

雨，

就这样，

网住了整个秋的世界……

（吴麟霄）

凝视生活

　　花香，可以延绵不绝；盛放，却只在一瞬间。我凝视生活，这美好的一瞬间，终究被我看见。

　　五月的风拂过，山很沉稳，像是笑对着我。在山的怀抱中，树上已满是花朵与绿叶。今年的夏天来得似乎有些早，但今天天气并不热，于是老妈邀我一同去爬山。

　　我们往山上走，向山上那些栀子花走去。那山上的花开了吗？那藏了许久的美好，也该开放出来了吧！

　　走到山的中间，向远处看去，群山绵延，簇簇白色花朵像一条流动的江河，仿佛所有的生命都同时应约而来，同时呼吸，同时欢腾起来。啊！真美呀！平时的学习中，我被压得喘不过气来，可今天，我来对了，原来生活中有如此的美景！

　　栀子花，在五月的天空下，将所有的美好都绽放了出来！如雪，如丝，如纯洁美好的少女，淡淡的馨香在这清新的空气中逐渐扩散开来。此刻，草为之所摇，树为之所晃，山峦为之所移，我也为之所动。那一瞬间，美好浸入了我的心脾，洗涤了我的心灵，洗去了我平日的烦躁，带给我此刻的平静，去凝视生活中的美。

妈妈说："你看这栀子花，此刻美丽地绽放，她们已心满意足，就算以后凋零，她们的美也将永远留在我们心中！"

对啊！此刻，栀子花也在凝视着我，像是在笑着对我说："对呀！我绽放过了，我无悔了！"

是啊！她们努力过了！我何尝不是如此！期末考已经不远，只要我努力过了，就无愧于自己！

凝视生活，我发现了栀子花之美。不仅是外表之美，更是内心之美。一路走来，只要绽放过，也就无悔了！

（吴麟震）

游花田之感

昨天、今天、明天,哪一天是最重要的呢?在我的心中,这个问题一直没有一个确切的答案。而这次,我明白了。

昨晚又是一场暴雨,我坐在窗前,正为自己失败的考试而发愁。这时,明媚的阳光普照大地,照进窗里,也照进我的心里。

"走,我们去郊外散步,呼吸一下新鲜空气。"老爸兴致勃勃地说道。看到外面明媚的阳光,我不想破坏了他的兴致,便答道:"走吧!"

很快,车便来到了郊外的一片花园。我跟父亲下了车。整个花园有些狼藉,经过昨夜一场暴雨,许多花儿都凋谢了。"哎呀,花儿好可怜呀。"听我说着,父亲向前走去,我也赶忙跟上。

越深入花园,花儿也越多,空气也变得清新多了。这时,眼尖的爸爸看到了花团之中的一朵小花。周围的花儿都谢了,唯独这朵花还开放着,鲜艳而美丽。阳光照到上面,花变得金黄灿烂,好美呀!花儿好像一盏酒,盛满了金色与辉煌。阳光又照到我的脸上,好舒服呀,暖暖的,我深深沉醉在大自然中了。

"你看那些垂下的小花,它们历经磨难,彻底放弃了。可是这朵小花,它虽有悲惨的昨天,但它也有这金碧辉煌、充满希望的今天!它明白今天才是它最重要的日子,因为只有今天,它才有机会展现自己的美丽。虽然,它的生命并不长久,但今天,它却可以尽情地开放,尽情展现自己的美丽,它已完全忘记了昨天,不是吗?"爸爸语重心长地说。

是啊,虽然我先前的考试失败了,但这并不重要。今天,我可以努力学习来弥补先前的不足,明天还充满希望!这道理连小花都懂,我怎能不懂呢?"爸,我明白了,我会努力的!"我坚定地说道。"好!"爸爸露出了笑容。

在读书学习的生涯中,有那么多的考试,哪怕是高手或学霸,也免不了有失败之时。一时失败并不可怕,可怕的是遭遇失败后精神不振,不去反省,不去总结教训,不去寻找失败的原因和答案。今天的花田小镇之旅,让我明白了许多道理,给了我最好的启迪。

我终于明白了,在生活之中,我们应该忘记昨天,牢记今天的重要,这是我们唯一的机会,因为今天,才是最重要的一天!

（吴麟震）

留在心底的淡淡清香

"它看上去怕是活不了了吧……"我轻叹一口气。

家里有一株百合花，静静地摆在阳台上，原本已长出白色的小花蕊，像是蓄势待发的火箭，将要钻进蓝天。然而，近几天变幻无常的天气对人来说虽不算什么，对它来说真可谓是晴天霹雳，原本的花蕊又像是退缩的乌龟，一个劲儿地向回缩，不久就消失不见。宽大的绿叶也开始萎蔫，整个看上去像是在看电影时的倒带，一点点失去蓬勃的生机与活力。

我也为它担心，担心它会心灰意冷，放弃"负隅顽抗"，放弃奋力生长，放弃拼搏出盛放的明天，但是学习任务繁重，以至于无暇顾及，只能任凭它自生自灭。一星陨落，黯淡不了整个天空；一花凋零，也荒芜不了整个春天。我心中这么想着，继续埋头做作业。

时间在飞逝，它将自己做一个选择——生或死，坚强或软弱，绽放或凋零。面对困境，它似乎别无选择。

一个星期，绿叶开始一点点、一片片从无形之中窜出来。它们随风摇摆，十分渴望吸收更多的养分，长出美丽的百合花。这是新生的惊喜。

两个星期，绿叶葱郁，焕发出无限的生机与活力。发达的根系从土壤中吸收尽可能多的养分，为孕育花朵提供充分的条件与补给。这是努力的蓄存。

　　三个星期，一粒粒淡白的花蕊从绿叶之中悄然冒出，时隔许久再次见到这个巨大的世界。它们养精蓄锐，等待最后的绽放。这是太阳升起的前一天，征途的最后一个交叉路口，这次它不会再选错了。

　　四个星期，当我走近阳台，迎风开放的百合花把我震惊了。白色的花瓣娇艳美丽，迎着阳光露出兴奋的笑容。微风吹过，清香弥漫，沁人心脾……我露出了微笑。

　　如今，这株百合已成为家中最美的风景。那股清香不仅代表了它的美丽，更体现了它顽强的过去。它的精神，化为淡淡清香，永留心底……

（吴麟霄）

美从未走远

"生活中并不缺少美,只不过是缺少一双发现美的眼睛罢了。"

初中生活,真是忙碌至极,学校——家,家——学校,日日夜夜都是这么两点一线地奔跑奋斗着,我们可还能看见那严寒中瑟瑟发抖的小花,可还能看见铺满路的两旁的金黄色梧桐叶,可还能看见夜空中那微弱的星光和照在床头的那一抹月亮?除了学习上做不尽、想不完的题目,我们的生活中还有些什么色彩呢?

其实,生活中并不缺少美。

早晨,从昏昏沉沉的睡梦中醒来,天还未大亮,看一眼街边那独自伫立的路灯,四下里寂静无声,路灯散发出微弱的白光,直射进我的眼中。再望向远处,远处的山峰隐约呈现出一个模糊不清的轮廓,越来越明亮,越来越明亮……

校园里,下课了,若是下着小雨,绵绵细雨就如银丝般飘洒而下,在湖面上点出一圈圈水纹,似乎要扩散开去,却又突然消失不见,总是让人看着看着就着了迷。

周末,走出门外,去闻一闻这大自然特有的清新空气吧。雨后的树叶上还沾着些露水,青翠欲滴;明净的溪流清澈见底,其中还零零散散游着些天真悠闲的鲤鱼，一张一合的小嘴巴闭合个不停，看着十分可爱；树木青葱，竹子翠绿，还有那一朵朵争奇斗艳的牡丹在"搔首弄姿"。

但是，我们总是缺少发现美的眼睛。

学习压力真是压得我们喘不过气来，就像生活在乌烟瘴气中的花儿，没有一点儿神气。整天，我们"在书本与知识中穿梭，领略学习的快乐，体会进步的自豪"，在这里，我们下课了却依然要待在教室中"继续奋斗"，尽管不情不愿，但"为了心中那份理想"，我们得咬牙坚持住。回到家后也是一分一秒都不能浪费，复习、做作业、预习，如此一直重复下去。我们几乎成了只会学习的机器。我们的眼睛只看得见教科书中的知识，却看不见窗外无处不在的美。

有些人认为，在现在这种情况之下，美对于我们来说不存在，美景在我们眼中不会出现，而只存在于无用的幻想之中。其实，美从未走远，它就在我们身边。

是时候放慢脚步，来好好看一看这世界了；是时候将那一片片被丢弃在地的花瓣捡拾起来，捧在手中仔细凝视了；是时候用那一片片残凋的花瓣来填补心灵的空虚了。不是吗？但也许得等我们上完大学，走向社会后才能领略到这种美，享受到这种美吧！学业尚未完成，我们仍需努力！

（吴麟霄）

桃源仙境牛头山

　　牛头山国家森林公园景区离我的故乡——西联乡马口村只有十公里。虽然景区就坐落在我的故乡境内，我却只去过两次。

　　我还依稀记得第一次去牛头山时我只有五六岁，是我们家同外公一家一起去的。我出生在小县城，之前根本没有见过像牛头山这样的深山冷坞。那天，天刚好下着毛毛细雨。到了牛头山脚下的上田，一下车，我一见那天上乱云飞渡，山风刮个不停，松涛声轰鸣不止，眼前全是黑乎乎的深山老林，就"哇"的一声大哭起来，而且哭个没完。爷爷奶奶见我这么胆小，竟然被这大山吓哭了，马上就说返回。

　　第二次去牛头山可大不相同了，那时我已经是一介小书生了。那天我们迈着轻松愉悦的步伐，走进了桃源仙境牛头山，开始了一场桃源仙境之旅。

　　进入牛头山景区，一路上的风景真是美妙极了。路两边高山耸立，雄伟无比，令人敬佩；路边的溪里流水潺潺，清澈见底，鱼儿优哉游哉地摇尾游弋；树林中的鸟鸣声，声声悦耳，好像在为欢迎我们来到这仙境而歌唱。

　　通过检票处，走进核心景区，首先展现在眼前的是一潭碧绿的池水。水中各种颜色的鲤鱼，有的在轻松自如地游弋，有的则是不断地跳跃,好像也在欢迎我们。

再往内走,就是崇山峻岭了。我和几个年龄相仿的伙伴迫不及待地顺着台阶往上跑,竟像一群活泼灵敏的猴子,精力可旺盛了。大人们则在后面跟随着,好像在谈论着一些家常琐事。

爬着爬着,心中突然感到"山穷水复疑无路,柳暗花明又一村"。只见前面有一铁索桥,桥的那端有一瀑布。摇摇晃晃地过了铁索桥,瀑布就在眼前。这飞流直下的水帘发出了震耳欲聋的轰鸣声,它所溅出的水花像一串串晶莹的珍珠,太漂亮了,真是美极了。我和弟弟及表哥走近瀑布边,伸手触摸那倾泻而下的水花,一接触顿感清凉无比。为了记录下这仙境的美丽,我连忙拿出相机拍了下来,留作日后美好的记忆。同时我默吟着李白《望九华赠青阳韦仲堪》的诗句:"天河挂绿水,秀出九芙蓉。我欲一挥手,谁人可相从。君为东道主,于此卧云松。"

拾级而上,又有一条悬在半空中摇晃的铁索桥。桥下是万丈深渊,我一看就心惊胆战,腿都已经发抖了。表哥却若无其事地随着铁索桥的摇晃走了过去,并用讽刺的口吻对我说:"不过来就不是男子汉哟。"我虎爸同时又在"逼迫"我,我无可奈何地上了桥,但不敢再往前一步。爸爸见状过来扶着我,我才小心翼翼地一步一步往前移。此时的我恨不得在身上长出一双翅膀飞过去。啊!终于走完了这吓人的铁索桥,我也有了真实的成就感。我暗想,这桥看上去很危险,但可以锻炼人的胆量,这也算是"不入虎穴,焉得虎子"吧?只有付出努力和胆量,才能欣赏到最后的美景。

返回时我再细看路两旁的美景,山上的树多极了,品种不一,高矮不一,大小不一,五颜六色,难叙其详。有时让人心旷神怡。

山风吹来,竟似仙风道骨的道士叶法善一瞬而过,时而我又想起了陶渊明的《桃花源记》,它以艺术的魅力激起了我们千百年来对理想社会和美好山水的不断追求。啊!我们多么需要陶翁笔下的桃花源啊!

这次牛头山之旅是我一段珍贵的记忆,让我铭记不忘。

(吴麟震)

第一次坐飞机

那年暑假我已经十一岁了,离小学毕业也只有一年时间了。可我从未出远门旅游过,更没有坐过飞机。

我到现在还依稀记得,爷爷总是同我说:"麟霄啊,你都十一岁了,连中华人民共和国的政治、经济、文化中心——首都北京都没去过。得让奶奶带你去一趟,也去见识见识北京大都市的世面。"

事实上,我内心也渴望去北京玩玩,因为我哥哥五岁就跟爷爷奶奶去过北京了。哥哥从北京回来后,就同我说:"北京很大很大,北京的故宫也很大。北京的哈密瓜特别甜、特别香,也特别脆,爷爷奶奶给我买了好几块。"由于哥哥给我"宣传"了北京的大,北京哈密瓜的甜、香、脆,我更想去北京了。

十一岁那年的暑假,爷爷叫我妈妈去旅行社给奶奶和我报了名。8月11日,奶奶带着我,跟导游和其他游客一起先从武义乘中巴出发到衢州机场,再乘飞机去北京。

到衢州机场下车一看,停机坪的跑道上只停着一架中型客机。我当时估计着,这里很可能只是一个小机场。

因为我从未坐过飞机,心里感觉很激动,同时也感到很紧张。真不知坐在飞机上飞上天空时会是一种什么感觉,飞机要飞得那么高,飞得那么快,会不会有什么闪失……我不敢再想下去了。

我看了一下电子手表,离登机还有几十分钟,就同奶奶说:"反正还有几十分钟才登机,我到卫生间去一下。"候机厅离卫生间有点远,我刚走了一半左右距离,机场的广播突然响了起来,播音员说:"从衢州飞往北京的飞机现在开始登机了。"广播反复播着这句话,我第一反应,这下糟了,奶奶肯定很焦急了,我马上往回跑,到了候机厅果然见奶奶正焦急地环视着等我去排队登机。

登上飞机的那一刻,我的心怦怦直跳,简直似心脏都要跳出体外一样的紧张。登机后,关上了舱门,飞机开始在跑道上慢慢地滑行,然后越滑越快,瞬间就冲向了蓝天。

我出于好奇,拼命把头贴向机窗,探看飞机下面的地面。时而见到的是城市,不过那高楼大厦像火柴盒一样;时而见到的是山川河流,那山川变成了电视剧里军事指挥部内的沙盘一样,河流公路竟像是人的血脉;时而见到飞机下面白得很刺眼的云海,变幻莫测,奇趣无比。

由于一心专注飞机外面的景观变化,我的思维也很活跃,不知不觉中飞机已进入北京上空。飞机终于慢慢地从空中降到北京机场,我感觉就像天方夜谭一般。

北京的大、北京的繁华自不必说,因为她毕竟是我们中国的首都。这一趟旅行,虽然在北京见识了天安门广场的宽广、人民大会堂的壮观、故宫的宏伟、颐和园的秀丽、长城的威武和它承载着中国几千年历史的骄傲,但在我的心中,最紧张、最刺激、最有趣的还是这第一次坐飞机的经历。

(吴麟霄)

普陀行

　　我爷爷在普陀区沈家门有一位老同学，姓虞，我们都叫他小爷爷。这位小爷爷经常打电话给我爷爷，让我爷爷一定要带我们兄弟俩到普陀去让他见见面，顺便也让我们兄弟俩去看看普陀的大海和沙雕。盛情难却，最后爷爷答应了他，准备择日出发。

　　有一天吃晚饭时，爷爷说："震震、霄霄，我们明天出发去普陀看看那里的大海、那里的沙雕。普陀马上要举办沙雕节了。"

　　去的那天，汽车在路上奔驰了六个多小时才到了沈家门，虞爷爷早就在宾馆门口等候我们了。他对我们说，路上辛苦了，我们马上吃中饭，吃好中饭就出发到朱家尖看大海、看沙雕。

　　到了朱家尖景区，首先映入眼帘的是许多外国人在海滩上堆沙的堆沙，雕沙的雕沙。他们没有图纸，全凭自己的想象和智慧，用巧妙的技艺在沙堆上雕琢出一个个栩栩如生的古希腊神话人物、一座座各式各样的古城堡。他们那妙手加智慧的雕沙技艺让上千游客赞叹不已，有些游客还振臂高呼。这真是"三百六十行，行行出状元"啊。我们也从中悟出了"世上无难事，只要肯登攀"的道理。做什么事情就怕认真，有了"认真"二字，世上就没有做不成、干不了的事情。

看完雕沙后,远眺前方,我们兄弟俩面朝大海,心潮澎湃。我们走向海岸边,一波又一波的海浪滚滚涌来,不断地拍打着海岸,那拍打声,让人有些毛骨悚然。

　　因为是第一次看见大海,我们兄弟俩好奇地探讨着这一望无际的大海到底有没有边(因为我们还没有学过地理呢)。我们只读过"海纳百川"这个成语,只知道海是很大的,因此人们常说,人的器量要像大海一样,也就是说,人要有海量,才容得下别人的优点,甚至是缺点,这样将来进入社会后才会有好人缘。

　　普陀行,是我第一次看见沙雕,第一次看见大海,也是我第一次跨出家门与校门去旅游,其收获不言而喻。

(吴麟震)

杂谈编

这也是一种幸福

　　"采得百花成蜜后,为谁辛苦为谁甜。"在生活中,有许多像蜜蜂一样的人,为了他人无私奉献,甚至付出自己的生命。

　　可这样做,值得吗?有人说不值得,有人说值得,这就看一个人的价值观了。

　　在山西太原钢铁公司,炼钢铁后留下了大量废渣,日积月累,形成了巨大的"渣山"。此"山"既占土地又破坏环境,但光运费就至少得几十万,因此无人敢治。可退了休的李双良老人主动要求帮忙,签下承包合同,并下定决心不用国家花一分钱。经过十年努力,他的"愚公移山"终是成功了。他不仅没要国家的钱,还上交了一亿元的利润。按合同,他还有权利提成一千六百万元,可他却不要,坚持只拿工资。连家里人都为之震惊。有人问他,值得吗?他说,值得。为国家、为百姓做点好事是积德,事情办好了我也高兴呀!

　　这也是一种幸福啊!

　　南京江海集团二公司13船队队长杨小虎,参加工作二十八年来,在船上度过了二十个春节。1997年除夕夜,年逾古稀的母亲刚做完大手术,可他还是坚持不回家。按规定,船员每年有七十八天公休假,可从

1979年担任队长以来,一千一百十九天的假期他只休了一百天!有人问他,值得吗?他说,值得。为了一起的船员们,为了工作,为了这份工资,我就该恪尽职守,为船员们做个好榜样!

这也是一种幸福啊!

孔繁森因公殉职时,留下两件令人心碎的遗物,一是他仅有的八元六角钱,二是他留给阿里发展经济的几条建议。他曾两次赴藏工作,1993年4月,他主动延长在藏时间,改任阿里地委书记。全区一百零六个乡,他跑了九十八个。他主动抚养了三个孤儿,自己掏钱给养老院的老人买收音机……他为阿里人献出了全部精力,甚至自己的生命。如果有人问他,值得吗?他一定会说,值得。为人民服务,是我的职责所在!

这也是一种幸福啊!

事实上,人海中有你,是一道靓丽的风景;生活中有你,是一种人生的快乐;社会中有你,是人间的一种温暖和幸福;幸福中有你,是人世间的一种缘分。

他们的事迹说明,生活是一杯水,不论冷热,只要有适合的温度,就是最好的。生活是一种味道,不论酸甜苦辣,只要有适合的口感,就是最好的。生活是季节,一年四季春夏秋冬,只要有适合自己的心情,就是一种幸福。

我看了他们的事迹,明白了一个道理:助人为乐,做件好事,都是一种幸福。

(吴麟震)

机器人也是“人”

　　最近,《机智过人》节目再次掀起了人们对人工智能的关注。机器人是否真的强过人类,或者说,未来,人工智能是否真的会取代人类,达到所谓的奇点呢? 显然,这对于人类是个极其重要的研究课题。

　　节目中,作为第一个人工智能诗人的小冰,打败三位年轻的高才生诗人,进入了最后的圣典。虽然比赛过程中主观因素占很大比重,台下四十八位观众评出的好诗未必真的经得起推敲,毕竟我相信,十秒钟便完成的诗和“坦克”(节目中复旦大学诗社社长的称号)好几分钟才完成的诗都难以称得上是黑塞心中的杰作,但小冰的胜出凭的也是实力,是事实,它毕竟吸收了新诗诞生百年来几乎所有伟大诗人、作家作品的精华,称得上是超级学霸。因此,这不得不引发我们深思。

　　首先要想,人工智能毕竟是人创造发明出来的,凝结的是人类智慧的结晶,并完全受到人类的控制。科学家一行一行地编程,日夜兼程地工作,才有人工智能的出世。所以说,人工智能是人类的孩子,熔铸了人类的情感。它们之所以被生产出来,是为了服务于人类,推进人类的文明进步,否则人们为什么要发明它们呢? 人工智能再厉害,也没人类厉害,没有人类就没有人工智能,正如没有共产党就没有新中国,这是不争的事实。

其次，我并不担心奇点的到来。既然人类有能力创造人工智能，自然也有能力控制好人工智能的发展。DDT 的发明当年也夺了诺奖。可当它的巨大危害显示出来后，人们马上禁止使用 DDT 并进行销毁，避免了更严重的灾难。美国硅谷有个奇点大学，以"五年影响一亿人"为校训，不用考试，不用写论文，教授走进教室会表示自己完全没有备课，他会带着学生坐着摩天轮观赏波士顿全景，各种游山玩水，大学里到处是奇思妙想的高科技：粉红色大象、电子昆虫……那么多的技术人才，那么多的科学家，据说才开发了百分之五不到的人类大脑，难道干不过机械化、固定化的人工智能？我不相信。

机器人也是"人"，若是"人"超过人，那人是什么呢？

（吴麟震）

探索方得真理

　　真理往往只能掌握在少数人手中。生命中万事的成就，世界上万物的根源，不都是勇于探索后获得的成果吗？我们应坚信：探索方得真理。

　　一星陨落，黯淡不了整个夜空；一花凋零，荒芜不了整个春天；一次失败，磨灭不了一个探索者的决心。

　　众所周知，伟大的科学家诺贝尔，历经千辛万苦，付出巨大的代价，才发明了影响世界的炸药。日复一日，年复一年，诺贝尔一心研究炸药，演算、思考、实验，实验室中的他不顾一切，只为探索研制出炸药的配方。即使失败了无数次，甚至炸死了自己的亲人，面对困境，他仍坚定信念，最终成功发明了炸药。正如马克思所说："在科学上没有平坦的大道，只有不畏劳苦沿着陡峭山路攀登的人，才有希望达到光辉的顶点。"诺贝尔不懈的探索为后世留下了宝贵的物质财富，也给我们留下了值得学习的探索精神。

　　运伟大之思者，必行伟大之迷途。留下千古医书《本草纲目》的李时珍，面对百姓的伤病疾苦，带着救死扶伤的铮铮誓言，踏上了尝百草著医书的艰辛之路。他以身试毒，大义凛然，只为天下饱受病痛折磨的百姓,而不为自己。跋山涉水,只为寻找可以药用的奇花异草;风餐露宿,只为寻求可以医治病人的妙药良方。他呕心沥血,持之以恒,以钢铁般的意志力与探索精神完成了《本草纲目》,他此生无憾。

一切成果都来之不易,探索之路必定布满荆棘。唯有坚定志向,坚持不懈,才能克服困难的围城,给人生一张精彩而圆满的答卷。

没有探索,哪来真理?执着也罢,专注也罢,只要勇于探索,定能点亮整个人生!请坚信,探索方得真理。

（吴麟霄）

愿使天堑变通途

　　"只有经历地狱般的磨炼,才能炼出创造天堂的力量;只有流过血的手指,才能弹出世间的绝唱。"是的,只有经历困苦与挫折,才能造就真实的成功,使天堑变通途。

　　还记得《老人与海》中那个倔强又坚韧的老人圣地亚哥吗?一个孤傲的老人,乘着一叶陈旧古老的小舟,在苍茫的大海中,独自面对饥饿、黑夜和鲨鱼的袭击。他不曾放弃,因为他坚信——人不是为失败而生的,一个人可以被毁灭,但不能被打败!所以,他无畏风浪勇往直前,即便受到鲨鱼的轮番攻击,他也排除万难将马林鱼骨架带回了岸上。他失败了,但真正意义上,他又成功了,赢得了所有人的敬佩与尊重。不得不说,我欣赏这种面对困难迎难而上的精神与勇气,甚至欣赏飞蛾在璀璨的火花中化为一瞬的光芒,它给予我们勇攀青天的豪情壮志。

　　回望历史,这种精神在中华民族的历史长河中也体现得淋漓尽致。陈胜吴广起义是中国历史上著名的农民起义。面对秦王朝的暴政与盘剥,百姓走投无路、苦不堪言却大多敢怒而不敢言。而陈胜、吴广不畏暴政、强权,杀死押送他们去戍边的官员,以他们的人头祭天,在大泽乡成功起义。队伍渐渐壮大,没过多久,几万百姓加入了反抗的队伍,给秦朝统治者施加了很大压力。虽然最后因种种原因，他们失败了，但他们激发了人们的反抗精神，最终由项羽、刘邦推翻了秦朝，这何尝不是一种成功呢？那句"王侯将相，宁有种乎"鼓舞了多少有志青年奋发向上，共同复兴中华民族啊！他们的精神必将永载史册！

喜欢巴尔扎克的那句话："苦难，对于天才是一块垫脚石，对能干的人是一笔财富，对弱者是一个万丈深渊。"雄鹰只有经历过折断翅膀，摔下万丈深渊而奋力展翅翱翔的试炼，才能真正搏击长空，成为空中之王；羚羊只有面对狮子的追击成功逃生，才能立足于危机重重的草原之中；蜘蛛只有学会在暴风雨中筑起网捕获食物，才能不被饥饿和天敌打败……无数的例子告诉我们，只有经历困苦与挫折，才能造就真正的成功。

三毛说过："除了自渡，他人爱莫能助。"只有独立克服困难，才是真正的强者。愿使天堑变通途，在此岸看到彼岸的灿烂星光。

（吴麟霄）

诱惑之花莫采撷

　　勇士尤利西斯为了抵挡诱惑,被迫使用自缚之法,然而就算是这样,听见塞壬的歌声,他仍想奔向那未知的诱惑。由此可见,在诱惑面前,自律、自控能力极其重要。勇士让船员把自己绑得更结实才最终化险为夷,也印证了这一点。

　　相反,许多人缺乏自控力。

　　某些"大老虎",昔日受人尊敬的所谓领导干部,其慈祥温和的外表,可能还曾感动了一些人。事实上,其内心包裹着的却是极度的欲望与贪婪。他们利用自己的职务之便,大肆贪污受贿,拥有的金条、高档家具、古玩数不胜数,甚至连房产都有几十套,受贿金额从几千万到上亿元不等。他们抵挡不了金钱和权力的诱惑,最终落入深渊,陷入泥潭,迷失了自我。毫无疑问,受到法律的惩处是他们的归宿,而留下的是千古骂名、千夫所指,这是他们真正的悲哀。他们陷入金钱、欲望的沼泽,在诱惑面前败下阵来,缺乏自控力是很重要的一个原因,这给我们敲响了警钟。

　　抑制诱惑,首先要求我们清楚地认识到诱惑背后的代价,正确进行自我评估,避免做出错误之举。其次,要谨慎交友。狐朋狗友会带给你一些不良影响,并极力诱惑你加入他们的行列。这时,你要三思而后行,并及时与这些朋友断绝关系,划清界限。只有远离诱惑,才有机会摆脱诱惑的入侵。

人是自由的,有权追求金钱、权力,以及满足自己的欲望。但是有时候事情不是对错之分,而是轻重之别。在追求自己之所欲的时候,要时刻注意自己做这件事是否会给国家和人民带来坏处,是否有什么严重后果,明白孰轻孰重。只有这样,才真正有可能到达成功的彼岸,才能身正不怕影子斜。

诱惑之花固然鲜艳美丽、香气芬芳,但它的剧毒终究会显现它邪恶的本性。邪不压正,正必胜邪,人道无常,但上天终究会给出公正的裁决。凡事除了自律,他人也爱莫能助。只有我们自己做到自律、自控,严格要求自己,堂堂正正做事,干干净净做人,才有可能摆脱诱惑的桎梏。

诱惑之花莫采撷,让我们携起手来,共同喊出这永远的承诺,做一个经得起诱惑的人。

（吴麟霄）

最好的教育

最好的教育是什么？

我认为，最好的教育，不是重视一个人的学习成绩是否优秀，而是在于培养一个人的良好品质。

一个星期五，这天是要默写英语课文的。虽然课文较长，比起听写单词难度要大一些，但早读的准备时间还是比较充裕的。英语老师是其他班的班主任，比较忙，所以早读是由值日班长管理。老师不在，教室中的琅琅书声中就混杂着一些异类——聊天的声音。

我早就会背了，便在位置上观察着周围同学们的举动。大部分同学都因害怕默写不出会重默而认真读着课文。我却看到了一个同学：她遮遮掩掩地从抽屉中慢慢抽出一本似乎是默写本的本子，随即向周围望望，又从铅笔盒中拿出一支笔，翻开英语书，埋头似乎在抄着什么……现在又没开始默写，她在干什么呢？她学习成绩又不好，排在全班较后的名次，难道她会默了？

之后，我目光一转，又看见另一位同学：他学习成绩同样不好，英语更是最弱的，可他却仍然拿着英语书，用既苦恼又专注的神情目不转睛地盯着，认认真真、一字一句地读着。有时碰到几个不会读的单词，也毫不厌烦地向周围同学请教……

默写开始，我记性还可以，写字"又不怎么优美"，再加上对课文的熟悉程度高，很快就默写好了。当我抬起头时，就看见——她竟然也已停笔，坐在座位上没事儿干了。

默写结束，我帮老师收本子时，不可思议地看到她的默写竟没有任何涂改！差不多可以和学习成绩最好的同学相比了！

下课后，她被老师叫去了办公室。再上课时，她是满脸泪水，哭着回来的……

班主任走进教室，我看见她手中拿着两个本子。她说："对于今天早上的英语默写，我有话对同学们说。英语老师批改默写本时，发现这位女同学的竟通过了，且没有任何涂改，标点符号也全都正确。对此，我是不相信的。正想叫人来询问时，便听到有同学在议论她早上英语默写是事先抄好的，正式默写时是假装默写的。对于这样的同学，就算是全对，在我的心中也永远是零分！为什么？品行不过关。一个人品行不过关，就算学习多么优秀，将来在社会上照样会被人瞧不起，当异类看待！相反，我要表扬另一位同学——他虽然成绩不好，但我看他今天早上读得十分认真，这次默写他就是全对的！所以，一个人只要踏踏实实做事，一丝不苟，绝不弄虚作假，这个人还会差吗？不可能会差！我希望同学们能够明白，品质比学习成绩更重要！说白了，你品质过硬，学习会不好吗？绝对很好！用一句更直白的话说：情商比智商更重要！"

这番话对我来说是印象深刻的，它告诉我们什么是最好的教育：重在培养人的品质，而不是成绩！

（吴麟霄）

醒　悟

　　从狭义上看"醒悟"两字,醒是表示睡完或还没睡着,头脑由迷糊而清楚,等等;悟是表示理解、明白、觉醒,悟出个道理来,等等。

　　"醒悟"两字,从狭义的字面上来看,其实道理很简单。但是从广义上去看,却大有道理可讲,也大有文章可做。

　　比如一些身居要职的大官。他们还愁衣食住行吗?不,应该不愁。他们不懂规矩吗?不,应该懂。他们不懂法吗?不,应该懂。问题是他们官大、权大、势力大,所以敢胆大妄为,毫不畏惧规矩和法律,毫无敬畏之心,视规则如游戏,贪婪成性,贪得无厌,不知醒悟,以致身陷囹圄。

　　又如在时下人心浮躁、物欲横流的社会里,有些人还在鼓吹什么"读书无用论",认为自己不读书,照样有权、有势、有钱、有地位,并大言不惭地说什么有权有钱任性、没权没钱认命的谬论。这真是"子系中山狼,得志便猖狂"。他们如果不早日醒悟,恐怕下场也不会太好。

　　再如在中国漫长的历史长河中,总有一些人非常讲究"劳心者治人,劳力者治于人"的所谓古训。如果劳心者能遵守"有法可依,有法必依,执法必严,违法必究"的原则,他们治人还能.随心所欲、为所欲为吗?当然不行。而一个劳力者,只要他有大国工匠精神,有高超的技术,且懂法、守法,又怎会事事都受制于人呢?这种情况也非常值得人们醒悟。

还有,有些胸无点墨者,常年游手好闲,从不读书看报,整天在街巷里道听途说,专爱传播小道消息。他们整天浑浑噩噩,饶舌不止,挑拨离间,无事生非。这种人也是很难醒悟的,也很难有什么长进,也是别人最瞧不起的。

吾辈出生在平民家庭里,生活在有点书香气的家庭氛围中,幸好还有长辈的指点和教诲,再加上一直在书堆中摸爬滚打,多多少少读了一些书,也懂得一点国学之理,所以多多少少也有一些醒悟,懂得一点怎样做人,做一个什么样的人的道理。

人是在醒悟中成长的,更是在醒悟中提高的。自己在书海中遨游,在书海中修炼,在书海中不断地醒悟,总有一天会腹有诗书气自华,成为一个有品位的学人。

(吴麟震)

(原载 2017 年 12 月 11 日《安庆晚报》副刊)

坚守还是避世

春秋战国,一个动荡的时代,"郁郁乎文哉"的辉煌的周王朝已是日薄西山,伟大的周公早已英魂远逝。孔子主张的是"仁",而当时社会主张的是"暴"。用暴来征服国家,将武力发挥到极致,那才是当时所主张、所推崇的。

那么,在孔子和孔子这类人的眼前,似乎只剩一条路——避世。什么是避世? 彻底冷了心,破灭了希望,认定天下没有一个国家、一个诸侯愿意采用你的政治主张,让你的思想有用武之地。从此,当官的辞官,该干什么偏不干什么,回到田园中去,到什么宁静清幽、净化人心的深山老林中去,告别都市的政治与熙熙攘攘的外部世界,把自己小隐于野,这就叫避世。

是的,在当时甚至任何年代,都会有些人这么做。难道这种做法形成了"潮流"就说明这种做法是正确的吗?

事实倒是相反。是,你的政治主张不被朝廷重用,朝廷不给你当官,不给你大宅,难道你就应该从此认命,从此避世隐居下去吗? 不给朝廷办事,难道你不可以深入民间,为贫苦的老百姓们多做一些好事,造福社会吗? 还有什么比真正到民间去了解民情,从而采取更恰当的措施来得更有效吗？其实孔子就是这类人中的一个典型。

孔子一生都在追寻真理，他周游列国，颠簸一生，既是在寻找一个能实施他主张的人，更是在找周王朝昔日的文明昌盛。但是，他终究失败了。当他奔波一场疲倦至极地归来时，他已衰老。但孔子并没有就此放弃。既然没有人采用他的建议，且自己年事已高，他便在民间办学来宣扬自己的思想，让更多人知道他的想法、他的心声。人多力量大，让弟子们传承道义之火、文化之火，拯民于水火，匡扶于社会。

是，他是个特例，但他更令人尊敬。就是他这种坚守的精神，流传千古，给后人树立了一个榜样。而那些避世之人，则在历史长河中渐渐消失。这就是坚守与避世之间的区别。

（吴麟霄）

也说行孝

孝文化在中国源远流长,已深入民心,也是国学精华一个重要的组成部分。

《孝经》"开宗明义"篇中说:"夫孝,德之本也。""孝"字的汉字构造,上为老,下为子,其意思是子能承其亲,并能顺其意。孝的观念,源远流长,早在殷商甲骨文中就已出现"孝"字。后来的"孝悌"就是指孝敬父母、尊重长辈、友爱兄弟等伦理行为,它体现出礼敬感恩和回报理念。由此推及行"仁",即皆加礼敬,善待他人,此为古人修身齐家治国平天下之基础。

时下,人心浮躁,物欲横流,人们唯名利是图,拜金主义盛行,一切都向钱看,别说孝了,甚至连起码的道德都丢光了,年轻人啃老的例子已经比比皆是。有的是子孙住洋房,老人住旧房、破房;有的是自己吃香喝辣,天天在灯红酒绿中出入,而让老人在家里啃馒头吃剩菜;有的是自己周游世界,把老人关在家里,让其忍受孤独和寂寞。更有甚者,就连家里的老人去世了也一无所知,直到隔壁邻居闻到臭味报案了,自己才知道。难道社会舆论的谴责,他们都不怕吗?

出现这样不孝的怪事,社会教育缺失是一方面,而家庭教育缺失是更重要的一方面,这一点非常值得社会与人类去反思。因为别说是人,就连飞禽中的乌鸦都知道反哺之责。

我爷爷就是个孝子。我的曾祖母年迈后,爷爷每到星期五办完公事下班,总要赶回远离县城二十五公里的老家去陪伴曾祖母,还要帮助打理我曾祖母的厨房,并帮她洗脚、剪指甲。后来,曾祖母病倒,卧床不起,爷爷就给曾祖母请了保姆照顾她。虽然请了保姆,但爷爷还是不放心,每个双休日还是要赶回老家去陪伴她。有时,爷爷奶奶也带上我们兄弟俩回老家。当时我们也已经十岁了吧,也有点懂事了,我们兄弟俩就坐在曾祖母的床沿,往她嘴里喂饼干,曾祖母的脸上微微一笑。

人世间所说的言传不如身教,真的是一个颠扑不破的真理。我从爷爷身上不但学到了他认真学习、笔耕不辍的精神,更重要的是,学到了诚信待人、善待别人、百善孝为先的做人原则。

我现在已经长大成人,学业也小有所成,也不断地明白世情。我们一直都在爷爷奶奶家里一起生活。奶奶非常讲究食品的环保和卫生,为了有利于我们健康发育、成长,她年近古稀还是一天到晚养鸡、种菜,让我们能吃到最环保的鸡肉、鸡蛋、蔬菜。每年夏天,赤日炎炎的高温之下,要在那火热的厨房里烧好六口人吃的饭菜。等到烧好时,她已汗流浃背,我看在眼里疼在心里。

我默默地想,爷爷奶奶都有足够的退休金,他们缺的不是钱,他们需要的是一句安慰的话,一个微笑,一声谢谢,一句再见。我想我们现在努力学习,奋力拼搏,取得优秀成绩,也算是对他们的行孝。等我们进入大学,步入社会后,经常打个电话跟他们问个安,节假日常回家看看,这就是对他们精神上最大的安慰和行孝吧。

（吴麟震）

（原载 2017 年 12 月 16 日《安庆日报》副刊）

促织的暴动

据传，明宣德年间，继"斗促织"后，宫廷中又流行起"吃促织"来。这是如何开始盛行的呢？

原来朝廷中有一个官员被皇帝下派去查收某县抓的促织。这个官员本想着多收些让自己也捞一把，没想到骑着马兴致勃勃地来到城门前的麦田边时，却看见这样一幅景象：麦田里一眼望去遍布枯草，麦秆光秃秃地挺立着，城门上的旗也毫无生气地低垂着，似乎这是一座荒废的城。

走进城中，官员便被扑面而来的恶臭熏得头昏眼花：街道上到处是人，但衣服破烂，头发蓬乱，鞋子也没穿，甚至还有一些死人被揽在亲人的怀中。所有人都了无生气、垂头丧气，眼神迷离飘忽。近几年来，因为要征收促织，全县人都到野外抓促织去了，使得庄稼没人浇水，全都枯死了。没了吃的东西，许多人便饿死在了街路上。眼前惨不忍睹的景象却没有让官员感到同情、可怜，他反而捂着鼻子充满厌恶地看着人们。

连人的温饱都无法解决，更别说抓到促织了，官员无功而返，自己的肚子也饿得咕咕大叫。无奈，官员只得去抓促织吃。抓了很久终于抓到几只，饥不择食的官员只能烤熟促织勉强送入口中。没想到这促织味道却很鲜美。"聪明"的官员马上回京城向皇帝禀报了促织的美味，又故意说人们都丰衣足食，过得幸福快乐。皇帝听罢口水马上流了出来，拍拍大肚子下令每个县每年为朝廷抓一万只促织。

消息一传开，全国百姓怨声四起。本就已颗粒无收，再加上猛于虎的赋税和这一指令，简直是要把人们都置于死地！而皇帝却仍天天大肆娱乐挥霍，身旁的官员们跟着皇帝，露出微微的笑容……

冀州的刺史和州牧看见这一状况心急如焚，想把处于水深火热之中的百姓们解救出来。知道禀报皇帝无济于事，他们每天深夜都偷偷商量对策。经过十多天的商量，他们想出了一个极佳的主意：有一种促织，个大健硕又美味甘甜。不仅如此，它的繁殖速度还很快。他们打算将这种促织献给皇帝，表面上是让皇帝品尝美食，讨皇帝欢心，实则是要在宫廷中制造大乱。

一切都如他们所预料的那样，皇帝看见这种既可以斗又可以吃的促织，十分喜欢，一高兴竟给两人加官晋爵，还给了一定的封地。有了更大的权力，他们在朝廷中便有话语权了。他们建议皇帝多用这种促织来斗，而不是吃，因为吃的其他地方会供应，味道没什么区别，斗才是这种促织真正的用处。傻皇帝马上愉快地答应了。两人转过身，相视而笑。

接着，这种促织开始大规模地繁殖，宫廷中促织的数量立刻增加了数倍。当下各地颗粒无收，饥饿的促织们又数量庞大，可以想象它们会干出什么。

于是，面对宫廷中大量的食物，更别说是美食，一天晚上，当所有人都呼呼大睡时，促织们像都商量好了似的，齐心协力咬破笼子，全都冲了出来。饥渴的它们啃着木头家具、水晶宝石，甚至连地面也被"掘地三尺"，已到了饥不择食的程度。厨房更是成了重灾区，几乎所有促织都涌向厨房，里面的一切都被啃食殆尽。所有人都被吵醒了，他们打开门窗，竟看见一大堆不可计数的小黑点——促织全都爬了进来，一时惊叫连连；慌乱中点燃蜡烛，看见眼前的促织，所有人都张大了嘴，说不出话来。皇帝在太监们的全力护驾下向皇宫外奔去。

宫中促织的暴乱需要人花时间来平定，皇帝被迫在民间待了几天。

眼前生不如死、惨不忍睹的百姓们比起昨晚的促织暴动更令皇帝大吃一惊。这时，两人悄无声息地从皇帝身后出现了，他们向皇帝报告民间情况，并揭发了官中那些谎报民情、贪婪邪恶的贪官污吏。

皇帝终于醒悟过来：我的花天酒地原来是以百姓之死、国家之衰换来的！我不该再这么醉生梦死下去，应该好好治理国家，让国家重新兴盛起来。不仅这样，残酷的赋税也是百姓的心头之痛啊！苛政猛于虎啊！

皇帝回到官中，严惩了那些官员，并着力管理起国事来，快要垮掉的国家终于从生死线上挣扎了回来……与其说是促织的暴动令皇帝有了改过自新的机会，不如说是冀州的刺史和州牧救了这个国家！

一个人拥有权力，不该把它用在自己的享乐上，而应用这个权力全心全意地造福于他人，做到人尽其才、物尽其用。这就是当皇上、大臣、小吏的职责。

（吴麟霄）

（原载 2017 年 12 月第 31 期明招文学社社刊《明招》）

刘、项相争之我见

刘、项相争,刘胜,项败。

自古磨难出英雄,然而,刘邦似乎并没有怎么经历磨难,年轻时还常欺负他人,生活放荡不羁,因此,他似乎并不见得是什么真英雄。从许多方面看,出身贵族、志向远大的青年才俊项羽才是个英雄,但是他却最终惨败了,落得个乌江自刎的悲惨下场。

为什么?我认为原因有四。

第一是两人的出身不同。

先说刘邦。刘邦这个人平民出身,他知道底层劳苦人民的想法和基本要求,也晓得如何让他们为自己两肋插刀,而不是插自己一刀。因此,他打出的旗号可简化为——打倒秦始皇,每人一套房!一套房!一套房!怎么样,够有吸引力吧!穷苦百姓听了这句话,还不感动得痛哭流涕,对刘邦声泪俱下:"就冲你这句话,从此以后,俺便跟你了!"

相反,项羽则出身贵族,孤高自傲,比较自私。他犯了个大忌——不为弟兄们着想!要知道,当初弟兄们跟着主子干,是为了金子、房子、田地和女人!现在你只给他们一点点底薪,而无提成与奖励,他们还会那么死心塌地地追随你吗?说好的金子呢?说好的房子呢?说好的官位呢?说好的女人呢?友谊的小船真是说翻就翻!项羽啊,你以为"打倒秦始皇,火烧阿房官"真那么有吸引力吗?要知道,弟兄们要的正是阿房官啊!

第二是舆论造势上,项羽也败于刘邦。

先说刘邦。刘邦起先并不是什么有头有脸的大人物,怎么办?造势啊!其一,刘邦亲力亲为,与家人统一战线,相继传出"刘邦是龙和刘大妈生出来的龙之子,天命不凡""左大腿上七十二个黑痣,多人见到他的身上有龙盘旋""一老父为刘邦和他妻子、儿子相了面,说他们贵不可言""一次在路上刘邦斩死的蛇是白帝子,而刘邦是赤帝子"等许许多多有趣而又"荒谬"的传说。其二,身为贵族的张良都说出了"沛公殆天授"的"金玉良言",为刘邦的造势计划立下了汗马功劳。你说,有这样的主子不跟,你还想跟谁呢?难不成跟路上扫大街的大爷?你说他是天子,他就是天子吗?造势非易事,而刘邦他做到了。

项羽这个人,本已失势,却自毁其势,大失民心。攻入咸阳之后,面对先朝遗留下来的气势恢宏的宫殿庙宇和投降的二十万秦卒,他分别做了屠城(咸阳)、火烧阿房官和坑杀二十万降卒的决定,震动关中乃至全国,正因如此,他才无法在关中立足。当初起义时,诸人在楚怀王前约定,谁先入咸阳,谁即为关中王。然而刘邦做到这一点后,项羽却给了刘邦巴、蜀,失诸侯信义。再则项羽背叛了楚怀王,定都彭城;放逐怀王,失旧臣人心;吞并韩魏,失韩魏人心。这一系列错误让项羽失去了天下人的信任,即自毁其势。这是项羽最大的政治失误,无可挽回,我们也不必为他惋惜。

第三是在对人才的选拔和任用上,刘邦强于项羽。

先说刘邦。刘邦呢,赏识人才,任用人才,重视"文"也偏爱"武",使所用之人都各司其职、各尽其才。当初任命韩信为大将军时,他甚至先前从未见过韩信,也未考察过他的才华,而是直接"择良日,斋戒。设坛场,具礼",拜了韩信这个大将军。由此可见,刘邦在任用人才方面的能力与魄力,实在令人佩服。也正因为如此,才有了著名的"汉中对"。而面对萧何、张良等人,他也是几乎毫无保留,对他们完全信任,你开心，我也开心。

再说项羽。项羽竟不赏识韩信——最后打败他的是原为自己下属的军事鬼才！他没有听亚父范增的话——要么杀掉韩信，要么重用韩信，使得范增死后，项羽在用人上捉襟见肘。除此之外，就算有钟离眜、季布、项伯等人才，帐前项羽却固执己见，相当于没有人才。另外，项羽是以武力称霸，相当藐视文官，这在某种程度上也相当于减少了可用之人。如此说来，项羽如此自负，帝位这种至高无上的荣誉与权力的宝座又怎么会属于他呢？

第四是两人的性格特点有较大的差异。

先说刘邦。刘邦可以说是"不要脸"的"小人"，十分懂得取舍与分寸。最典型的例子无非是一次逃跑时，他竟然为了自己可以逃命，将自己的孩子踹落车下。要不是夏侯婴抱回了刘邦的孩子，并在刘邦握着剑要挟他扔下他们的情况下还坚持己见，说不定刘邦之后连个太子都没有呢！这可就遭天下人笑话了！还有一件事，一次，项羽被韩信打得较为狼狈，为了迫使刘邦退兵，项羽便威胁要把刘邦的父亲丢入油锅中烧死。面对如此威胁，刘邦竟在项羽面前说自己与项羽早已结为兄弟，自己的父亲也是项羽的父亲，要杀要剐随他便！但也是因为这一点，刘邦才往往能保全大局。

项羽则有贵族尊严，太过自尊，易被激怒。九里山一役，他不听部下的好言相劝，反而对好言相劝者进行侮辱。还怒发冲冠，结果被李左车骗进了十面埋伏圈，难以翻身。最后带着二十六骑冲至乌江口时自刎。也正是因为过强的自尊心，他至死不肯过江东，放弃了东山再起的机会。唉，项羽啊项羽，你就不能向刘邦学学"不要脸"这个独门绝技吗？

所以宋女诗人李清照写了一首流传至今的著名诗作："生当做人杰，死亦为鬼雄。至今思项羽，不肯过江东。"最后我想说，如果项羽能说出"知人心，得人才，能随机应变，而立于不败之地，吾不如刘邦"之语，历史或将会改写！

（吴麟霄）

助人即助己

人就像一面镜子,你对他笑,他也对你笑;你帮助他,他也往往会帮助你。

帮助别人就是帮助自己。往往别人得到的并不一定是自己失去的。可在某些人看来,帮助别人就会牺牲了自己。其实并非如此,帮助别人往往能收获友谊,我助人人,人人助我。

从前,有两个饥饿的人从一位老者那里得到了一根鱼竿和一篓鱼。得到鱼竿的人不愿与另一人合作,只身去寻找大海钓鱼吃,可由于路途太远,没过多久,他便死在了去往大海的路上。而得到鱼的人欣喜异常,他一次就煮好几条鱼来吃,结果没过几天,鱼吃完了,他无处寻食,不久也饿死了。

又有另外两个饥饿的人,也从老者那里得到了一根鱼竿和一篓鱼。他们俩决定合作。在寻找大海的路途中,他们省吃俭用,一次只煮一条鱼。经过长途跋涉,两人终于抵达一片大海。从此,他们开始了以捕鱼为生的日子,两人在一起,生活很平凡,但也很幸福安稳。

有一个很普通的司机,他车上一位乘客到达目的地后却突然说钱忘在了家里。照理说,司机当然会对此感到不满甚至很生气,可这位司机没有这么做,他反倒安慰这位乘客,并且马上载他回家拿钱又开回来,而且只收了一趟的钱。这已经不是这位司机第一次这样做了,他经常帮助乘客。有人也许会觉得这位司机这么做对自己并没有多少好处,可事实上不是。由于司机的助人为乐,他在业界有了名声,越来越多的人乐意坐他的车。后来,一位有钱的老板邀请他当自己的司机,并且给了优厚的薪水。从此,这位司机也成了个有钱人。

有些人在别人有困难时总是不愿意帮助别人,认为这没有用。可我要说,如果你遇事从不助人,自己遇到困难时又有谁来帮助你呢?不要把自己的命运交给侥幸,平时肯帮人,遇事有人帮,助人当为乐,助人即助己!

让我们学会关心人,帮助人,并让世界充满温暖。

（吴麟震）

扬长避短

　　上天对每个人都是公平的,一个人有短处,也必定有长处。如果人只因自己的短处而唉声叹气、怨天尤人,那么他将碌碌无为;但如果一个人能发现自己的长处,并扬长避短,那么他将很有可能获得成功。

　　古人云:善用兵者,不以短击长,而以长击短。说的是善于用兵的人,不会用自己不好的地方去打别人的强处,而是用自己的强大之处去打对方的薄弱之处。用兵如此,人亦如此。

　　马克·吐温是世界闻名的作家、演说家,《汤姆·索亚历险记》就是他的优秀作品,可其实他曾是一个很失败的商人。他曾投资开发打字机,最后赔了五万美元,之后,不服气的他又开办了一家出版公司,结果出版公司又破产倒闭,马克·吐温一度陷入债务危机。直到这时,他终于意识到自己在经商上毫无优势,便改变了思路,开始在全国演说。凭借敏捷的思维和幽默风趣的语言,他大获成功,很快还清了债务。同时,在文学创作方面,他也取得了极大的成功。

　　尺有所短,寸有所长,人必须学会回避自己的短处而利用自己的长处,坚持下去,才能发挥自己的才华。

　　马云是世界著名的企业家、大富豪,但同样,他起初也是一个非常普通的人。谁能想到,当年那个毫不起眼的男孩如今会如此成功。当年马云考重点中学,考了三次都没考上,大学也是考了三次才如愿。在别人看来,马云毫无优势。可实际上,马云能说很流利的英语,有着极强的自信心和创新能力。他创立阿里巴巴、淘宝,在网络界大获成功。到了今日,还有谁会在意他过往的普通呢?是马云的创新精神让金子发了光。

是的,扬长避短,才能让宝物放对位置,否则,再闪耀美丽的钻石也会成为废石一块,无人问津。

匕首虽短,却可以用来近身攻击,关键时刻总能发挥奇效;长刀虽长,却难以灵活使用,无法连续攻击。每个人就像一把兵器,有短处,却也有长处,发挥好长处,兵器就变为神器,无往而不胜!

(吴麟震)

给内蒙古自治区人民政府的一封信

内蒙古自治区人民政府：

　　大家都知道，铁蹄马是蒙古马的一种，因蹄质坚硬而得名，传说曾是成吉思汗禁卫军的专用马匹，和乌珠穆沁马、上都河马并称蒙古马的三大名马，也有人称铁蹄马为"成吉思汗战马"。

　　铁蹄马濒临灭绝的消息，在社会上引起了轩然大波。目前铁蹄马的数量已减少到了一百多匹。

　　铁蹄马矮小粗壮却耐力十足，是成吉思汗横扫亚欧大陆的重要功臣，在历史上有很大的贡献。对这种马连保护都来不及，你们怎么会想颁布"禁马令"，去危害铁蹄马的安全呢？

　　一些牧民为了保护铁蹄马，不惜借高利贷，不惜被罚款，做领导的又怎能无动于衷，弃牧民于不顾呢？为了旅游业的开发，说白了就是为了赚那么点儿钱，怎能不惜毁灭一种活生生的动物呢？难道铁蹄马不是生命吗？

　　"为了保护草原生态"，这是颁布"禁马令"的目的吗？这只不过是聪明反被聪明误罢了！在你们看来，将马圈养，一片片草原就不会被踩死、啃光。但自然界是有它自己的生存保护规则的，草原一旦失去了动物的"糟蹋",反而会失去生机,这不是一点儿利也没有吗?如果真是为了保护草原生态,就应该支持放养马。难道游客会不希望看到万马奔腾的壮观景象吗?放养马不是既能让草原恢复生机,又有利于旅游开发吗?

所以,我希望:你们能取消"禁马令",顺自然而行!

(吴麟霄)

交朋友就是交命运

　　为人处世，交朋友是必不可少的。有好友可以获得人格的熏陶、道德的感召、思想的升华和互相的帮助；然而时下不少贪官的落马，也往往是因为所谓的"朋友"，多了一次犯罪机会、一条判刑证据。显然这类朋友早已蜕变腐化、臭味相投、狼狈为奸。

　　朋友之间，纯洁的友情甚是可贵，但虚假的友谊也会披着华丽的外衣，在生活中大跳"假面舞"。一个人稍有不慎，便会看走眼，被"小人之交"和"势利之交"牵着走。外国名著《卡里来和笛木乃》中有一段名言："道义之交是纯洁的；利益之交，有时虽然给人小恩惠，其目的总是以利为主的。正如猎人给禽兽的食物一样，他并不是施恩，而是意在取利。"在一定意义上，交友也是选择命运，是康庄大道还是泥泞小路，或者是落向陷阱，与此都有关联。

　　交朋友不可盲从，不可不慎。人的一生如果能交上好的朋友，出自真情实意，又志同道合，不仅可以得到情感的慰藉、心灵的安抚，还可以互相砥砺、相互激发。朋友之间，无论志趣品行，还是功名事业，总是相互影响的。我们观察一个人的道德品行、成就作为之高低，从其所交之友的身上也可以窥见一二。

如今，越是走向高位，人际关系越是复杂。"高处不胜寒"，若交友不慎，恐怕真的会从天堂跌落地狱。有些人当年威赫赫、势众众，前呼后拥，朋友多如天上星，众星捧月好威风，可一旦东窗事发，必作鸟兽散，从门庭若市到门可罗雀只是一瞬间的事！此外，还有不少要打引号的朋友，利益放头上，信义放一旁，当面拍胸脯，事后捼屁股，更有甚者，借着走味的信任，披着虚伪的外衣，盯住官方权力，这就更要小心为上了！

　　交朋友是一个大浪淘沙的过程，是从做加法到做减法的过程。好友来清风满座，佳书读晦日生辉。识遍天下人，知己有几人？

　　人的一生能交上几位好朋友，也是一种幸福。"千里难寻是朋友，朋友多了路好走。"这话是不错的，关键是交什么样的朋友、如何交朋友，这实际上反映了一个人灵魂深处的追求和价值取向。交朋友需要深入观察，看其平时言行是怎样的、最终动机是什么。只有经过从表及里、由内到外的了解，才能全面认识一个人，才能结交到真正的朋友。一个人可以当大官、发大财、做学问，但若有一天功名利禄都远去，却发现身边真正的朋友剩下没几个，这恐怕也是人生的一大悲哀。

（吴麟霄）

（原载 2018 年第 1 期《浙江杂文界》）

常给自己做"心灵保健"

时下很多人很是重视健康,比较关心怎样保健,如何用膳,怎么锻炼,吃哪些保健品,如何强身健体,等等。但我觉得人活着,还得有精神层面的东西,还须学会"心灵保健"。

现代人对身体高度重视,对保健极其看重,这是好事,此乃进步。但身体保健固然很重要,"心灵保健"也很重要,不少人却忽视了这种保健。大哲学家康德说过:这世界唯有两样东西能使我们的心灵受到震撼,一是我们头顶上灿烂的星光,一是我们内心崇高的道德标准。现今,崇高的道德,在一些人心目中就像四月的风筝,被越放越高,甚至最终断线。这诚如一些社会学家呼吁的那样:现代人十分需要"心灵保健"!

"保健"这两个字,这几年在我们的物质生活中何其吃香。从手里揣的杯子、口里喝的补汁,到脚下穿的鞋子,甚至山里的清泉、农家的土货,无不沾了保健之光。如今的人真是挖空心思,绞尽脑汁,燕之窝、鳖之精,无所不采;蚁之神、参之气,无所不用。然而,我们能不能也匀出点时间来进行"心灵保健"呢?

今天,条件完全不同了,中国人不再是"愚弱的国民"了,但是我们精神上的东西怎么样呢？我们灵魂中的寄托又怎么样呢？这恐怕是要问一问的。也就是说，今人之道德，做人的根本，同时也包括恻隐之心、羞恶之心、恭敬之心、是非之心、孝敬之心，如不加以"保健"，就养不成浩然之气、堂堂正气、勃勃生气，就会丧失人格，降低人品，随时随地会将道德廉价拍卖，把良心掩埋在冲天而起的高楼大厦的地基之下！

哲人说过，人生有三层楼。一层楼物质层面，二层楼精神层面，三层楼灵魂层面。中华民族的传统美德认为，所有的良好品行中，讲道德居于首位，道德的保健，情操的升华，尤其重要。厚德能载物，德高才望重。缺乏道德，伦理就会丧失，行为就会沦落；不讲操守，精神就会苍白，灵魂不得安寝。一个德行不怎么好、心灵不怎么美的人，任凭说得"虾皮会跳，白鲞会游"，人们还会说此人少一样宝贵的东西，便是"缺德"！

（吴麟震）

（原载 2018 年 1 月 8 日《浙江工人日报》第 4 版）

打开温暖，关上冷漠

　　当你的同学说要向你收保护费时，你一定觉得这是在开玩笑吧。没错，对于我们这些好好学习、天天向上的正常学生来说，这就是开玩笑。可就是在我们共同生活的祖国大地上，这样的事件却已发生了许多，而且，这不是开玩笑，这就是校园霸凌事件，令人闻风丧胆的事件！

　　校园霸凌指的是校园中一部分个体经常被其他人欺负、侮辱或者隔绝开来。我在小学时就曾亲眼看见过。

　　我的小学同学×××，不知道什么原因就被全班同学所厌恶，几乎所有女同学都故意侮骂过或欺负过她。她没有一个朋友，要是谁和她成了同桌，就好像遭遇了灭顶之灾似的。有些女同学甚至专门编了一些话来侮辱她，例如"鹰钩鼻子蛤蟆嘴，奶油屁股螺旋腿"这样极其侮辱人的话。可当时的我心里只有冷漠，好像在看一场戏，而没有对那位同学表达过一丝关心。也正因为如此，她的学习成绩一落千丈，她开始变得不自信，甚至有些自闭，脸上几乎见不到笑容。

　　为什么人们如此冷漠？哪怕有一个人站出来，关上自己的冷漠，打开自己的温暖，也许她就不会遭受如此多的折磨。我有些恨我自己，恨我自己的冷漠！我后悔，如果再给我一次机会，我一定会站出来，大声告诉别的同学:够了!

　　我还看到过一些新闻,一些触目惊心的新闻。一个女生被别的女生排队轮流打耳光!这样的事居然发生了!这样荒谬的事!也许很多人都不敢相信这样的真相,因为这个世界在他们看来很温暖。

　　我很庆幸,因为世上总还是好人多,可我们也应该发现美妙的假象背后的真相,看到社会上的某些黑暗,看到人心的冷漠。我们应该共同伸出手去帮助那些受到欺负的人,让温暖布满人间的每个角落。如果你不关上冷漠,只做一名看客,让这样的事件继续发生,那么类似的事情发生在你身上时你就只有绝望的份了。

　　打开温暖,关上冷漠,别让人性沉沦。

（吴麟震）

血的教训

　　相信大家这几天在微信上、新闻上都能看见一件发生在我们自己城市的大事——有人被车撞死了!

　　听到这条消息,我十分吃惊,因为车祸的地点就是壶山脚下。那里车流量大,人流量也大。车要把人撞死一般要有很快的速度,但在这种闹市区,谁会把车开这么快呢?

　　车主的年龄与性别更是令我感到不可思议:车主竟然是一个五十多岁的女性!如果车主是一个二十几岁,年轻气盛、不懂世故的张狂小伙子还算可以理解,但当事人竟是一个年近退休、做事应该小心翼翼的中老年女人!

　　这究竟是怎么一回事呢?

　　原来,这个女车主在撞人之前与同方向的一辆小轿车发生了刮擦,车辆继续前行后失控,继而与两辆电动车、一辆小轿车及行人发生碰撞,最终造成二死二伤。经警方初步调查,排除了酒驾、毒驾嫌疑。

　　既然没有酒驾、毒驾的嫌疑,那么有一个问题就暴露无遗了:安全意识。既然与别的车发生了刮擦,车主就应该马上停下车处理这件事情才对,而不是为了逃避罚款和怕受他人围观丢脸,加速逃离。要知道,在这种人多的地方,一旦把油门当刹车踩了,后果绝对不堪设想。因此在这个车主身上发生的悲惨事件为我们敲响了警钟——安全意识的树立迫在眉睫!

我们常常在各种新闻上看到各种车祸,如今,这种事情就发生在我们身旁!当一个令人痛心的事件发生后,应该做的不仅仅是为受害人惋惜、为他们讨回公道,以法律手段制裁不可饶恕的害人者,更重要的是要从中吸取教训,认识到安全意识的重要性。假如这个车主能遵守法律和交通规则,难道这件事还会发生吗?

在此,我想向大家呼吁:为了家人,为了社会的安定与和谐,更为了自己,请遵守交通规则,牢记法律法规,做一个好公民、好司机。安全意识是多么重要啊!

车祸和人祸都是血的教训,每个人都应牢记,切不可漠视生命。人人都要珍惜自己和他人的生命。

(吴麟霄)

致敬城市美容师

　　每座城市都有上百至上千名城市清洁工，他们就是城市的美容师，他们的工作艰辛而又平凡，但他们最值得我们尊敬。

　　他将扫把放回车上，慢慢跨上座位，缓缓踩着三轮车离开了。

　　那天，天气炎热，大街上的水泥马路似乎都要被烤化了。正是盛夏，绿树虽张开它那坚实的肩膀，却又显得苍白无力。空气中似乎蒙着一层黏稠的水汽，令人烦躁不已。他踏着三轮车过来，停在街边，下了车，取下扫把，开始了一天的清扫工作。

　　天气热得很，戴着个草帽，穿了件橙色的工作服，他站在骄阳之下，悄无声息地在街道上用那把有些乌黑的破旧的扫把，"唰唰"地扫着落叶、纸片等各种垃圾。

　　天气热得很，他在扫，别人在丢。好不容易扫到了这条街的尽头，拿起披在肩上的有些发黑的白毛巾，抹着脸颊上滚烫的汗水，打开水瓶，缓缓地喝下几口温开水。

　　本可以就这么完成任务了，但是等他回过头，准备将扫把放回车上时，他看见路上又都是些垃圾了——塑料袋、零食袋、碎纸片、吃过的面包……"唉，早就知道会是这样。"这时，一对年轻人从他身边走过，直接将喝完的饮料瓶扔在了地上。而在他们面前十米处就有一个空的垃圾桶，被风吹得都快站不住了。无奈，他再次拿起扫把，继续打扫这条布满垃圾的大街。他想发火，教训这些乱扔垃圾的年轻人。最终他还是闭上了嘴，整条大街上只剩下他那瘦小的身影。

这时，我看见了他的眼——那双看尽世态炎凉、大千世界，饱经风霜的眼。他看着那似乎再也扫不完的垃圾，眼神中透出几分沧桑与悲凉。天色渐渐暗了下来，路灯一盏盏亮了，整条大街的灯光都照在他身上——街上空无一人——他就像在演独角戏。

天气已不是很热，总算是扫完了，他骑上车，回头望望这干净了的大街，眼中分明透着些失望，离开了。街上总算"空无一人"，只剩我，站在那儿，静默着……

我难忘那失望的眼神，因为它使我思考：某些人还有良知吗？他们还能遵守文明秩序吗？他们还能真正为保护环境做出贡献吗？保持清洁卫生，美化城市，不能只是说说而已。这问题，我想，咱们都得好好想想了！要真正做一个文明人。

（吴麟霄）

重现蓝天白云

曾经,我们的身边是碧水蓝天,是郁郁葱葱的树林,是漫山遍野的野花在风中缓缓摇曳。走出家门,呼吸一口清新空气,望一眼四周美景,神清气爽,心旷神怡。

二十世纪七十年代末开始的改革开放,把经济搞活了,不管是大城市还是小城市,一幢幢高楼大厦拔地而起,不管是公路还是街路,从早到晚车水马龙。人们的生活水平毫无疑问是提高了,但是危机也已显现。

而今,时光流逝,世事变迁。碧水蓝天不再,取而代之的是浑浊的满是泥沙的污水,灰蒙蒙、阴沉沉的天;郁郁葱葱的树林消失了,取而代之的是稀稀疏疏、毫无生气的小树在风霜雨雪的摧残下显得弱不禁风;漫山遍野的野花也不见了,取而代之的是满山泥泞、黏糊的泥浆,一两朵野花也早已弯了腰,在做最后的挣扎。走出家门,呼吸一口污浊不堪的满是 PM 2.5 的空气,望见的是四周阻挡了一切视线的雾霾,垂头丧气,心烦意乱。

导致这一切的不是谁,正是贪婪自私的人类!

随着社会的迅速发展,人们的物欲极度膨胀,甚至比宇宙还膨胀,显得那么势不可当。全球各地的黑心工厂，为了牟取暴利而"齐心协力"，将污水废气未经处理便排入自然界；一个个锯木公司，无视法律对砍伐树木的限制，刺耳的电锯声响彻整个森林，森林被夷为平地，只剩小动物看着一切不知所措；一家家饮水机构疯狂抽取自然界中仅存的净水，一条条河流干涸，他们却还在大肆宣传自己的节水措施……

但是，大自然不是吃素的，它必须给我们一些教训，来唤醒人类。从山上倾泻而下的泥石流铺天盖地，冲毁桥梁，粉碎汽车、房屋；海啸冲走人群，毁灭树木与海边城镇，带来巨大经济损失；酸雨也来"侵略"，许多农作物死亡，人们渴望的大丰收毁于一旦，就连土壤也被酸化污染。

再也没有了，美丽的环境！我是多么希望再次看见你啊！

政府和社会终于开始觉醒了，比如中央人民政府对祁连山被破坏的生态给予了高度重视，对那些严重污染企业采取了关、停措施，对一切破坏环境和自然生态的人进行了严厉惩治，对不负责任的官员进行了问责。绿化造林、五水共治、三改一拆、新农村建设等措施不断落地有声。现在树绿了，花艳了，水清了，天蓝了，空气也好些了。金山银山不如绿水青山，终于让我们看到了一个新环境。

（吴麟霄）

后 记

　　我们这本名为《梦随吴歌行》的稚嫩文集,基本上都是读初中时的习作,因为我们现在正就读高一。如果等我们读完高三再出这本集子,也许文章就会显得更老到一些。不过,任何事物都有它的两面性。从初中三年的几百篇作文中选编出这本集子,自然反映出我们的语文功底还不是很扎实,行文的稚嫩性也显而易见,但也真实地反映出我们在初中三年学习生涯中的天真、烂漫、活泼之真相,同时也基本反映出了我们的思想观点、性格和情操修养。不管怎么说,能出版这本文集,是我们兄弟俩的心愿,也是值得我们高兴和庆贺的。

　　在此,我们兄弟俩要衷心感谢九十高龄的复旦大学历史系教授吴瑞武老前辈放下身段和架子为我们这本《梦随吴歌行》作序。同时,我们也感谢所有教诲过我们的语文老师和关心我们成长的前辈。特别要感谢的是我们的爷爷,他认真阅读了我们的几百篇作文后,精心地筛选出九十三篇安排打字,又认真进行了审校,并帮助我们联系出版社,一手打理出版事务,他所花心血大矣!

　　《梦随吴歌行》中肯定有许多不足之处,甚至是讹误,我们恳请各位前辈、老师、学长、读者给予纠正和指教。

吴麟震　吴麟霄

2018 年 2 月